もの言える老人のための条件

老年書生の境地

原田國夫

彩流社

目次

Ⅱ 働きの環境

Ⅲ　人間関係

Ⅳ　健康管理

V　世相

Ⅵ　追憶

Ⅶ　無題

はじめに

同世代の有名人の訃報を聞くたびに、いよいよ我が人生も最終章に入ったのかなと感じるこの頃である。生命にはそれぞれに寿命があり、定められた時旬にこの世を去るのが天命であると受けとめている。それにしても令和二年はまことに「コロナ禍」の年であった。春先に始まった新型コロナウイルスの世界的拡大は、年が変わっても、なおその猛威納まらず一時も心休まることがない。一度戻りかけた賑わいも再び感染拡大の前に人々の暮らしは制限を余儀なくされている。

新型コロナウイルスにどう向き合うべきか。生物学者の福岡伸一は、「ウイルスとの利他的共生が求められる」と述べている。このことは、私たち人類は、ウイルスが地上から絶滅しないかぎり、「共存すべき宿命」だと認識して予定調和の途を探り、感染予防と経済の両立を図らなければならないことを含意する。

そのためには、科学的知見に依拠した正しい対処法を知得して、徒に恐れることなく、決して侮らず、不断の衛生管理や健康管理によって一定の間合いを保ちながら、互いの生存領域を侵さないことに尽きるのではないかと思っている。

さて、昨年、私は古希を迎えた。「光陰矢の如し」。その昔、はるかに遠い将来のこととして思い描くことすらなかった。それが今その現実の只中にいる。とりわけ直近の三十年は一瞬に過ぎ去ったように思える。一方でこれまで感じなかった「今を生きること」の息苦しさを感じるようになった。一九六〇年代から七〇年代のアメリカンポップスがなぜか懐かしく、それを聴くたびに感傷的になり、人と会うことを煩わしく思うようになっていた。そんな矢先の新型コロナウイルスの襲来である。

そんな日々が続くある日、自宅の書棚を漫然と眺めているとまだ読んでいない本が沢山あることに気づいた。これらの本には(自分では体験できない)他人の人生が描かれている、とりわけ妻の蔵書には、分野の違う人生の体験が詰まっていることに気づいた。

宗教者で今は鬼籍にある紀野一義先生の著書『いのちの風光』『佛との出会い』『大悲　風の如く』、常岡一郎先生の『運命と心』『たましいと心』『流轉』、遠藤周作氏の『死海のほとり』を五月のゴールデンウイークを皮切りに八月までに読み終えた。そして、九月からは数学者で文化勲章受章者でもある岡潔先生の『岡潔集』第一巻から第五巻を読む機会に恵まれた。難しい言葉は「漢和辞典」と「大辞林」を傍らに置いて都度意味を確かめながら読み解いていく。それを繰り返していると、少しだけ教養が増したような錯覚を覚え、なんとも言えぬ愉悦した心持になるから不思議である。

私自身にとって「禍」の令和2年は、転じて収穫の1年となった。思いがけない本との出会いは、妻と、感想や意見を述べ合うことで、互いの人生観を再認識することにもなった。

私は今、日常生活で見聞するいろんな事象についての思いや持論、過去の追憶の一片を一冊の本にまとめようとしている。市井の一老生として、生きた証にしたいと思っている。

これまでも『会社法一七四条』や『体験的中小企業論』を上梓したが、これらはどちらかといえば学術的な類であり、「シニカルな視点で世相を観る」という自己の特徴的性格とは縁遠いものであった。そこで、その特性を生かした目で、日々感じていることを随筆風に素直にまとめてみようという気持ちになった。

本の題名を『もの言える老人のための条件』とし、副題を「老年書生の境地」とした。

「老年書生」は、たしか福沢諭吉先生が還暦のお祝いの式で謝辞の中で使われたと聞いている。老境にあって、なお書生の気質を失っていない、あるいは失いたくないという心情にふさわしいと感じて借用することにした。また「境地」は当初は「心情」、「視点」、「シニカル・ビュー」など候補がいくつかあがったが、岡潔先生が「感情・意欲の高さを境地という。境地が高くなるほど見晴らしがきく。もっとも境地は高さきわまりなく、……心（情緒）全体を持ってこなければいけないと思う」（『岡潔集第二巻』二二三頁）と説いていることを思い出し、「眺望」「見識」「見晴らし」↓「境地」に落ち着いた。『もの言える老人のための条件』は、その老年書生の境地の一端である。これから本格的に始まる老境にあって、これまでと変わらぬ生活スタイルを維持するうえでの重要な条件でもあり題名とした。

私も団塊世代の最後の組（昭和二十四年生まれ）として古希を過ぎた。最初の組（昭和二十二年生まれ）はまもなく後期高齢者の仲間入りをする。戦後にあってなお情緒教育を受けた最後の世代でもある。したがって、本書の内容は全体的に、「教条的」「べき論的」で「ステレオタイプ」の感は否めないが一つでも共感いただければ、老境にある世代には（代弁者として）自身の思いを伝えたことになり、また、若い世代には教訓的メッセージとしての意味を有するのではないかと自負している。

令和三年春　蠟梅香る頃

伊豆、宇佐美にて

Ⅰ　人生観

（1）　結婚と子育て

総務省統計局「人口推計月報」によれば、令和元年五月から令和二年四月までの過去一年間の婚姻数は六二万九七七六件、離婚数は二〇万九七八一件である。

この数字から思うのは、皆に祝福され、本人たちも二人の結婚生活を望んで一緒になったはずである。しかし、人の心は移ろいやすい。それまで長所や魅力に感じていたことがある時を境に、短所に映り、不快に変わるのである。

婚姻数が年一〇〇万件を下回っていたことに驚き、さらに離婚数が二〇万件を超えていたことにさらに驚いている。

さて、私の結婚観であるが、私は「結婚」とは、互いの前生の因縁を寄せた姿であり、互いの魂を結ぶ「結魂」である、と悟っている。したがって魂の因縁深い二人が結ばれた以上、簡単に離婚するという結論には至らない。

多くの夫婦はやがて子供にも恵まれ、二人だけの生活から子供を交えた新しいファミリーの生活に変容していく。自分たちだけの「一」の人間関係が、家族が増えることで「n」の関係に発展していく。

苦労の多い子育てをなにゆえに選ぶのか？　これは現代の若者（結婚を嫌気する）に投げかけられ

る課題でもある。「育ては育つ」とは、年輩者が若い子育てカップルを諭すときに用いる励ましの言葉である。子供が「育つ」ことによって、実は自分たちが「育てられている」という含意である。確かに、人間的に大きく成長できるのは子供がいればこそである。

ただ、私は、それ以上に「自身の三歳までの記憶の空白を分身である子供を育てることによって記憶を潜在的に呼び覚まし、現在の自身の人格に融合する。これによって三歳までの空白期間は埋まり現在の自身が完成する」と考えている。

数学者で文化勲章受章者である岡潔氏は、この三歳までの期間に人間の情操教育がいかに大切であるか、それがその後の人生にいかに大きな影響を及ぼすかを説いている。

この説から推論すれば、現代の若者が未熟であるのは、子育てを負担に感じ、結婚を忌避し現実の享楽を求めてこの空白期間を埋めようとしないからということになる。

人生は、自分の思いどおりには運ばない。紆余曲折であることが自然であり普通である。

離婚件数の増加は、戦後経済力を持った女性がイニシアティブを握ったことも見逃せない。しかし、離婚は、再就職先を探して転職する感覚とは根本的に異なる。家庭内不適応を理由に短絡的に離婚しても、先の人生はさらに隘路に踏入るだけである。

空白期間を埋め「現在の自身が完成」した時点を起点に、いよいよ人格・品格の形成期に漕ぎ出すべきである。

（2） 宿仕込みの儀

私はよく冗談で優秀な子供を授かりたかったら、「その時」はしっかり神殿（自身の信仰する神仏）に向かって手を合わせ、「これから宿仕込みの儀を行います。神のご守護を賜りますようにと祈願してから始めよ」といっている。場合によっては私が神主になって祈願し、見届けてもよいというと、「わあー」といって、笑いだしてしまう。種の保存のための行為、命を繋ぐ行為はなぜか、享楽の延長線上のものとは違うような、そんな気がしている。

通常、妊娠に気づくのは妊娠二カ月頃だといわれている。しかし、おもしろいことに、妊娠に気づいたときには既に臓器や神経といった重要な器官が形成されており、とりわけ、脳神経はさらに初期の段階で形成されていると聞いたことがある。したがって、この時に優秀な子供を授かりたいと願っても、「時すでに遅し」なのである。もっとも生まれてくる子供が皆優秀だと人間社会は成り立たなくなるかもしれないから、これは神の深淵なる配慮だと悟りたい。

いつ頃、子供を授かりたいかは、夫婦の年齢、健康状態、家族構成や家庭の経済事情によりそれぞれによって異なる。なかには「子供は神の授かりもの」と、すっかり成り行きに任せる夫婦がいる一方で、妊娠から出産に至る計画を綿密に組まれる夫婦もいるであろう。しかし、私がいいたいことは、あまりにも詳細な計画はまさに「神が降ろす創造物」の領域に踏み込むことになるから、先案じをしないことが肝要である。ただ、妊娠から出産に至る間、神のご守護をいただけるように、事始めにあたり祈願すること、それが「事始まりの儀」であり「宿仕込みの儀」であるということである。

私はゼネコンに長年勤めているが、建築物を着工するにあたり、地鎮祭あるいは祈願祭を行わない事例は一例もない。どんなに忙しくても、どんなに実績のあるスーパーゼネコンであっても、必ず安全祈願をしてから着工に入る。それも暦をみて、良い日（多くは大安の日）を調べて日時を決めている。施主の希望の神社があればそれに従い、希望がなければ、施工会社と長年の付き合いのある神社を紹介し、そこの宮司が祝詞をあげて工事期間中の無事故無災害を祈願するのが通常である。

子供の誕生も、建築の竣工も、宿仕込み→妊娠→出産（子供の誕生）、地鎮祭・祈願祭→安全管理（他に工程や品質も含め）→建物の竣工、と似たような経路をたどる。それは、「無」から「有」を生み出す壮大なドラマである。神の計らい、日々成長する姿は不思議の連続である。したがって元始まりの儀式はいつもと違う気持で臨みたい。神恩感謝の気持ちで、「宿仕込みの儀」が執り行われんことを願う次第である。

（3）二つ一つ

妻が先日、スポーツジムの浴室で転倒し、左肩関節を骨折するというアクシデントに見舞われた。

幸い、浴室が広かったことで左腕を伸ばして顔と頭を覆うようにして倒れたおかげで、顔に傷を負うことなく、頭部を打撲することなく軽傷で済んだ。今、三角巾で首から左腕を支えた状態で自然治癒を待っている。医師の見立てでは全治一カ月、塗布剤も痛み止めも服用していない。もし、これが重症であれば切開手術を余儀なくされたのであるから、「大難を小難に」とどめてくれた神のご守護に感謝している。

　骨折と聞いた人は「肢でなくてよかった」とか「右手でなくてよかった」と慰め同情してくれる。その通りなのだが、本人にとっては日々の生活で左手を自由に使えないことがどんなに不自由なことか、身をもって知らされたようだ。「右手だけでは本来の右手の役割を果たすことができないの、左手の支えがあってはじめて右手は右手の役割を果たすことができるのね」である。逆もまた然り。右手と左手は二つが互いに助け合うことで一つの役割を果たすことができるのであり、これを天理では「二つ一つが天の理」と説いている。

　この理（対立する二つ）は、あらゆる次元・場面で見ることができる。すなわち、世界中のものはすべて、「天―地」「夜―昼」「火―水」「男―女」「陽―陰」という具合に対立する二つからなっている。しかし、これらは互いに相反するのではなく、「相い補う」形となって統一されている。中でも「夫婦（男―女）」は、人間生活の基本であり、夫婦の和合（夫婦仲良くあること）のある人生は、陽気で幸せな人生である。他方、夫婦の和合のない人生は、殺伐とした空気が流れ陰気で喜び薄い人生である。一見平凡と思われるこの「夫婦和合の原則」は、実は非凡の価値を持っているのである。それは、性の多様性が認められる潮流の今日にあっても夫婦の両極性の持つ意味は変わらない。「《地と天とをかたどりて夫婦をこしらえきたるでな、これはこの世のはじめだし》という神言は、夫婦が補い合い、扶け合い、二つ一つの実をあげていくのが人間生活の基本である」(『天理教』深谷忠政)。

こうした「夫婦和合の原則」の平凡にして非凡なる価値の前に、今、選択的夫婦別姓の議論が再燃してきた。夫婦別姓へのこだわりを説く者は、夫婦別姓を認める国際社会に通用しないこと、女性の社会進出により結婚後も仕事を続ける女性が増え姓を変えることによる不便性を訴えている。一方、それを認めない者は、家族の分断によりファミリーネームが廃止されること、旧姓の通称使用の拡大により実質的な不便性は薄くなっていると主張する。

私は、わが国が国際社会に迎合する必然性はなく(必要があれば旧姓併記)、「二つ一つが天の理」に沿うならば「希望する姓にまとめるのが幸せの原点である」と確信している。

(4) 徳と毒

徳と毒、濁点が付くだけでその意味合いは大きく違ってくる。姓名では意味合いもそうであるが受ける印象も変わってくるから面白い。私の名字は「原田《はらた》」で、田舎で暮らした高校時代までは「はらた」と呼ばれていた。地区に原田姓はなかったが、父親の本家筋は「はらた」であったから、周りも「はらた」と呼ぶのが通常であった。ところが上京してから後、「はらた」と呼び者は一人もなく「原田《はらだ》」と呼ばれるようになった。「はらた」には清々しい印象があって好きだったが、「はらだ」には重苦しさがあった。そんな折、時は昭和四十年代、世界バンタム級チャンピオンとなったファイティング原田《はらだ》の活躍がその重石を外してくれた。

世の中には徳のある人とそうでない人がいる。徳の実相を言葉で言い表すことは難しい。徳のある人とはどのような人かと問えば、なんとなく一緒にいると安心できる人、精神的に頼れる人、困ったときに相談に行きたくなる人、人の悲しみがわかる人など、ひとそれぞれに描く像は異なる。経営の神様といわれた松下幸之助は、「人間として一番尊いものは徳である」といって、「素直な心をもつ」ことが大事であり、徳を高めるには、自分で悟るしかないといっている。

多くの人は「徳積み」に励むのであるが、澄んだ心もいつしか濁ると、それは埃となって積み重なりちょっとやそっとの掃除では取れなくなってしまう。いかに社会に貢献してもその裏で私腹を肥やす行為をしいれば、やがて心が濁り毒となる。濁点＝我執である。我が強くなると自分の我（欲）を通そうとして、人の意見には耳を貸さず、人を見下し、傲慢になり、「おれが（我）、おれが（我）」と自己中心的になる。やがてそばから一人二人と去っていき、最後には誰もいなくなる。そんな寂しき末路が待っている。そうならないためには日々、心の埃を払い、松下幸之助のいう「素直な心をもつ」ことが大事である。

さて、私は、「徳のある人とはどんな人か」と問われれば、人を学歴や職業や社会的肩書で差別しない人だと思っている。この世は多様な職業によって支えられ、生活が成り立っている。社会的肩書も仕事を遂行するための役割分担でしかなくそこに優劣はない。俗に「みな東大卒なら世の中は回らない」。花も一種類ならつまらない。百花繚乱ならばこその花園である。私は基本的には「区別」はするが、人を差別はしない。中学・高校時代にいわゆる不良グループからも一目置かれ、護られたのは根底に彼らを差別した目線で見なかったからだと思っている。差別か否か、彼らにはすばやく見抜く力がある。彼らの多くは、純真で「悟り」の前に謙虚である。差別する者を大きく引き離しているように思う。

（5）料理する人と後片付けする人

料理をする人と後片付けをする人とでは、どちらが「徳積み」に繋がるのだろうか。独断でいえば、それぞれに大事な役割を演じているが、「後片付け」の方が↓「汚れを洗い流す」↓「自身の心の汚れを洗い切る」に通じ、悟りの境地（徳のある姿）へより近づくのではないかと考えている。

人類はその起源からなんらかの食物を口にしてきたもので、食べられるものと食べられないものの仕分けから始まり、気が遠くなるほどの年月をかけて現在に至っている。

料理の「理」は、天の「ことわり」であり、第一に、食材や調味料の持つ特性（味わい）を知ること、第二に、それを組み合わせて加工することからなる。「加工」といっても、加熱、発酵、冷却、攪拌などさまざまであるし、さらに「加熱」といっても、焼く、炒める、揚げる、茹でる、煮る、蒸す、炊くなどさまざまであるから、食材や調味料と組み合わせると料理の種類・数は無限となる。それらの組み合わせの中から、「ことわり」を見極め、最高の味を引き出せるかが料理人の腕の見せ所である。料理は地域、民族、時代によって大きく異なり国名を冠するほどに種類は豊富で味わいも異なる。まさに料理をする人は「徳積み」の人である。その過程は悟りの境地に繋がる「徳積み」の姿である

さて、「徳積み」の観点から料理の基本といえるものに「精進料理」がある。精進料理とは、魚介類や肉類を用いず穀物や野菜を主とする料理である。殺生を戒める大乗仏教の考え方に由来している。精進料理は、僧侶には必須の食事であり、食事も行の一つとして重要視されていたから、精進料理を作るのは修行の浅い若い僧侶の重要な役目であった。

精進料理には動物性の食材は禁忌とされた。また五葷《ごくん》と呼ばれるネギ属などに分類される野菜（にんにく、ねぎ、にら、たまねぎ、らっきょう）も禁忌された。仏門にあって修行の身であるから、精力のつくものは修行の妨げになったからであろう。しかし、時代とともに、精進料理は、次第に一般家庭でも冠婚葬祭やお盆などにおいて作られるようになり、料理屋の精進料理は美食を目的として調製されるようになった。

近年は、若い共働き世帯を中心に夫婦が家事分担をするケースが増えている。別々の家事を分担するものも悪くはないが、同じ家事を協力し合うのも妙案である。料理を得意とする人は料理を、

茶碗や皿洗いなど整理整頓、収納が得意な人は後片付けをすればいい。

このように、料理する人と後片付けする人を優劣することは本来好ましいことではないが、「後片付け」に「心の汚れを洗い切る」心情を重ねると、「汚れを洗う」ことは贖罪に繋がり、強い自我が後退して「徳のある人」に変わっていくように思えるのである。

（6）ライフプランの勧め

私は、若い世代に自身のライフプラン（人生設計図）を作成するよう勧めている。四月に入ると卒業したばかりの学生が新社会人として入社してくる。この機会を利用してライフプラン作成の重要性について話している。

一人ひとりは社員として新しい人生を歩むのであるが、雇用されているという立場と併せて個人事業を営む経営者：個人事業主でもあるという意識で働いてほしいと説明する。

私自身、最初にライフプランを作成したのは三十代の初めである。今から四十年前に自身の人生設計を描く人は少なく、しばらくして生命保険会社がライフプランのフォーマットを作り推奨したのを覚えている。生保よりも先にその重要性に気づいて実行している自分を誇らしく思ったものである。また、その頃、当社の諸規定の整備のために大手ゼネコンを退職された方が顧問として入社され、一緒に仕事したことがある。私がライフプランを作成し、いつ、なにを、どうするかをあらかじめ決めていると話すと、「私も若い時にライフプランを作っていたらなあ、うらやましい！」といってとても残念がっていた。

会社経営者は、経営理念の下に年度方針を立て、部門方針、部の実行計画というようにブレークダウンする。そして、半期あるいは四半期、さらに月度でその進捗状況を確認し、必要に応じて改訂する。これは個人のライフプランにおいても基本的には同じである。ただ頻繁に見直すことは神経質すぎるので、せいぜい一年毎に見直す程度がよいと思う。軌道修正があることが前提であると考えれば気が楽である。

ライフプランの作成は手書きがお勧めだ。昭和五十年代は世にワードプロセッサーが登場した頃で、まだ手書きが主流であった。今ではパソコンを使って簡単に作成することはできるが、私はあえて手書きを勧める。Ｂ４の用紙に鉛筆で自分の成りたい理想像を描いていく。書いては消し何度も書き直す。それを繰り返しているうちにその思いが手の先から紙に移り、頭の中にしっかり定着していく。実行意欲、達成意欲が湧いてくる。

Ｂ４の紙に横に時間軸を適当な間隔で区切る(年号・和暦と西暦、自身の年齢、配偶者の年齢、子供の年齢など)。縦軸は「仕事」「資格」「健康」「趣味」「社会活動」などに細分する。そして何年にマイホームの取得、何年に長男が小学校入学などと記入していく。横軸の最後の区切りの年号は「寿命の尽きる年」と仮定するのも一興である。

ライフプランを立てると、心が晴れないときにもそれが励ましになって元気に仕事に取り組むことができる。目標を達成すれば大きな満足感が得られる。自己の成長を可視化することで充実した人生を送ることができること、請け合いである。

（7） 流転

流れる雲を眺めていると、刻々と変化する造形美に感動し、時間の経つのも忘れてしまう。穏やかに晴れた日は雲の流れもゆるやかで、荒れた日は怒りを灰黒色に変えて太陽の光を遮り天空を覆う。消えゆく雲あれば生まれ出る雲あり、太古の昔、宇宙誕生のその時以来のひとときも留まることのない流転の世界がそこにある。

春、木々の新緑は、生命の息吹をいっぱいに感じさせてくれる。夏は木陰を作り憩える場を提供し、秋は収穫の恵みとともに山野を赤く染めて老境を慰め、冬は万物の終焉と来る春の温もりを暗示し季節が新たな循環に入ることを約束してくれる。一時たりとも同じ様はなく、流転しながら人々の営みを見守っている。

人類は、生命の起源となる海に始まり、単細胞から虫類、鳥類、爬虫類、両生類、ほ乳類と無限の進化を繰り返し、ようやく今日のヒトの形にたどり着いた。そこには銀河の宇宙の、太陽を中心にした一時も休むことない流転の歴史がある。ヒトは天と地、それらに挟まれた海に守られ、火、水、風を獲得して持続可能な生命体として、今、地球上に存在する。

「万物は流転する」。流転はなにも天然自然に限られたものではない。人もまた同様に流転しながら日々の命を繋いでいる。紀元前六〇〇年頃、ギリシャの哲人ヘラクレスが遺したとされるこの言葉は、ともすれば自然界の物質や存在に向けられていると思われがちであるが、人の心も移ろいやすく、一日として同じ心はない。「諸行無常の響きあり」、心もまた流転して止まない。

人は、受胎から死にいたる期間をそれぞれの運命の中で生きていく。「生まれた」といって喜ぶは周囲の者であり、「亡くなった」といって嘆き悲しむのも周囲の者である。本人は、周囲の喜びと、悲しみを知ることはない。

人には運、不運がある。思い通りにことが運べば幸運と感じ、思い通りにことが運ばないと不幸と感じる。しかし、嵐が吹き荒れているときは、嵐が通り過ぎるのを待つしかないし、海が荒れているときは、漁に出ることはできない。波がおさまるのを待つしかない。大自然の前に人間は無力でありに逆らうことはできない。一方、紙一重で命が助かる場合もある。搭乗するはずの飛行機に乗り遅れて約束を履行できないと悩んでいたところ、その飛行機が墜落して乗客全員が死亡するということが過去にあった。なにが幸か不幸か、一寸先のことは人間にはわからない。まさしく神仏の世界である。神の懐住まいであり仏の心に生かされているのである。これらは皆、みずからの流転の中の無常にある。人は宇宙の一単位にすぎず、この宇宙の支配から逃れることは許されない。

（8） 決算の勧め

「ライフプランの勧め」の中で、個人（社員）は、会社に雇われているという立場と併せ個人事業主でもあると述べた。つまり、経営者としての視点からライフプランを見るとそれは個人の年方針あるいは主要方針であり、実行計画が記された事業計画書である。

通常、会社の決算はその年度の事業（営業）報告書と計算書類（貸借対照表や損益計算書など）からなる。まず年度の売上高から売上原価を控除して売上総利益を出し、そこから販売費及び一般管理費を控除して営業利益を出す。さらに営業外収益・費用を加減して経常利益を出し、最後に特別利益・損失を加減して当期利益を算出する。このことは個人の家計においても同様で、個人事業の決算として一年を締め括ることが大事である。

ここで卑近な例として私の実践しているやり方を紹介する。

最初に個人事業報告書の作成についてであるが、私は、高校二年生から現在に至るまで五十三年に渡り日記をつけてきた。その習性から、年末になると、①日記から月度の重点実施事項をピックアップする。毎日変化がないようでいて十項目程度がピックアップされる。②月度の重点実施事項のまとめ（二〇〇〜二二〇）からさらに年の重点実施事項十項目をピックアップする（わが家の「十大ニュース」）。例えば、孫が小学一年生になったこと、七五三のお祝いを赤坂日枝神社で行ったこと、秋に夫婦でスペイン旅行したことなどである。個人事業報告書はこの程度で十分である。これが十年も続けば立派な「わが家の歴史」となる。大晦日や正月に話題になれば最高である。

次に計算書類の作成であるが、サラリーマンの主たる収入源は会社からの給料である。したがって年収は簡単にわかる（副業や株式投資をしていれば売買益や配当金を加える）。主たる費用は家電や家庭内設備などのほか高価な買い物をしたときの価格程度は領収書で押さえておき、後は公共料金（電気、水道、ガス、電話料金など）の合計程度でよい。間違っても日々家計簿をつけるような愚はしないことが肝要である。そして十二月三十一日現在の預金残高を確認すれば十分である。細かいことは不要で、これも十年間続けるとわが家の財政が上昇しているのか、それとも下降線をたどろうとしているのか、その傾向がわかる。数年内にマイホームの購入計画がある場合に頭金が足りるのか、いくら不足しているのか、はたまた子供の進学費用としての準備に不足がないかなどもわかるので、将来設計が立てやすくなる。

個人事業の決算というと大袈裟に聞こえるが、一年間の主な出来事と大きなお金の流れを把握できれば及第点である。ぜひ、実践して習慣化してほしいと思う。

（9）ミッション

ＪＡＸＡ（宇宙航空研究開発機構）が約六年前に打ち上げた「はやぶさ2」が、十二月六日未明、オーストラリアの砂漠に予定どおり着陸した。小惑星リュウグウの試料（四十六億年前に太陽系ができたころの痕跡が残っているとされ、岩石や砂が採取されれば、地球成り立ちを知る手掛かりになる）が回収された可能性が高く世界から注目を集めている。無事の帰還はこれに関わった若い科学者たちの協力と努力の賜物で久々の吉報に心が晴れやかになる。

成功の要因について、チームのプロジェクトマネージャーの津田雄一さんは「リーダーの指示で動くのではなく、常に議論を戦わせながら自己成長できるチームを心掛けてきた」と明かす。私はこの吉報に接し、最大の要因は、三百名からなるメンバーがそれぞれに高いミッション（高度な使命）を片時も忘れずに持ち続けた成果であろうと思った。先入観に囚われない柔軟な発想と高度な知識はもちろん、それと併行して意識の高さがそうさせたのではないか。つまり「地球の起源を知る手掛りをどうでもこうでも自分たちの手で採取して地球に持ち帰る」というミッションである。そのミッションに迷いがなかったのではないか。

イエス・キリストの弟子たちが、遠方へ行き福音を広く人々に伝えるミッションを帯びたように、彼らもまた、地球の起源を解き明かすミッションを抱いていたように思う。

さて、「ミッション」は、彼らの専売特許ではない。多くの人は、なにか事を成すときには、意識的か無意識的かは別にして、なんのために事を成そうとしているのか心に決めているはずである。ただ、日々の暮らしに明け暮れて、いつの間にかそのミッションがぼやけ、見失っているのである。例えば、成績が優秀なのに、なかなか資格試験に合格しない人がいる。一級建築士や社会保険労務士試験など、幾度か挑戦しても合格に至らない人がいる。これらの人の共通点は、いつの間にかその試験に合格することだけが目的になって、その先の展望がぼやけてしまっている、それゆえにハウツーに走り、法律の主旨を理解しないまま小手先で解答しようとする。合格ラインが目の前にあるのに気の毒である。もちろん合格することが第一目標ではあるが、高次に「合格して自分の住む街の住環境をより快適にしたい」とか「高齢化社会が本格化して保険制度が複雑になる状況の中で、最適な解をお年寄りに提案することで豊かな老後を送れるよう手助けしたい」という具合のミッションが不明なのではないかと思っている。ミッションが心にしっかり納まれば、試験への取組み方も変わり、結果として試験にも合格するというものである。

　ミッションに高次、低次の優劣はない。自身の能力に応じて、「社会への貢献」や「愛する家族の幸せ」であっても一向に構わない。ミッションが明確になれば勢いが生れる。

(10) 変わらぬスタンス

　先日、建築のベテラン社員（一級建築士）と串焼き屋で一杯飲むことになった。私が初めて会ったのは三十三歳、彼は二十二歳で私立Ｎ大学理工学部建築学科の四年生であった。昭和五十七年の初秋である。学業成績は申し分なく、通常ならどこのゼネコンも食指を伸ばすところであるが、不運（否、幸運にして）にも希望する大手ゼネコンの採用担当者のメガネに適わなかった。そうした失意のなか、自宅からそう離れていない所にあって成長著しい地元密着の中小ゼネコンに目にとまった。それが当社である。

面接に応じた私は、二、三質問して大手ゼネコンの採用担当者が採用に踏み切れなかった理由がすぐにわかった。一言でいえば既成概念にとらわれない主義主張をもっている、安易な妥協を許さない性格の持ち主である。安定志向の大手ゼネコン採用担当者にとっては、稀少な人材ではあるがリスキーな存在でもあったにちがいない。そうしたときに、私と出会ったのである。私自身、似たような体験をしているからその心境が痛いほどわかった。

私の体験談に同調した彼が当社への入社意欲を高め「就職するなら当社しかない」という確信に至るまでには時間はかからなかった。

久しぶりの酒交の席、お互いに三十八年余が過ぎても、時流に流されないクールさ、人間関係を構築することが特段上手なわけではないが、仕事を進めるうえでの存在感は変わらない。そして最後に（彼は私に対し）「今なお当時と変わらない印象を受けるのは、基本的に『スタンスが変わっていないから』」ですね、と。

「スタンス」とは通常、物事に取組む姿勢、立場、観点あるいは見解を意味する。それは、自他の距離が一定していること、不用意に内心に踏み込まない、役割と責任を自覚し、行動の基底にある信念、信条、主義が基本的に変わらないことの積み重ねではないかと思う。

産経新聞十月二十七日朝刊「産経抄」に去る二十五日、八十四歳で死去された熊本市の慈恵病院理事長蓮田太二さんのエピソードが載っていた。親が育てられない子供を匿名で受け入れる国内唯一の施設『こうのとりのゆりかご』(赤ちゃんポスト)を平成十九年に開設した人である。令和二年三月までに一五五人が預けられたとある。父親の蓮田善明さんは『古事記』の現代語訳では著名な国文学者であった。マレー半島のジョホールバルで終戦を迎えたが、上官を射殺後、自決。太二氏九歳のときであった、真相は不明。「非常に清らかな、そして動かさない或るもの」は、父親の著作にたびたび出てくる言葉で、幼くして父と死別した息子が遺言代わりにその言葉を大事にして言葉通り生きようとした信念の持ち主である。その変わらぬスタンスがこの慈善事業を導き感動を与えたのである。頭が下がる思いである。

（11）チャンスは二度ない

人生は、生まれた時から多くの試練に晒され成長していく。試練の数だけ人間臭く魅力が増すと言う人もいるが、「試練」は「選択」であり「決断」であるから、最初から最後まで、その決断が正しいということは稀である。「運命だ」と諦観するのも決断ではあるが……。

ここでは、人生の大きな節目の一つである大学入試と社会人になってからの配属・異動にともなう事例を挙げて考えてみたい。

学歴社会はわが国固有の問題ではない。大学入試の熾烈さでは韓国、中国のそれに及ばないと聞く。受験生は、本命の第一志望大学のほかに第二志望大学を含む複数の大学を受験するのが通常である。希望する学部と組み合わせると、その数(試験)は十前後に及ぶことも珍しくない。その結果、第一志望校の志望学部に合格できれば最も理想であるが、希望が叶えられる人は少数であろう。なかにはまったく合格ラインに届かず失意の中で浪人生活に突入する人も出てくる。日本社会においてこの「十九の春の戦い」はその後の人生を豊かに(経済的にも社会的にも)送ることができるかどうかの分かれ途である。私は、大学受験だけをみれば「チャンスはまだある」と考えている。志望どおりに入学した級友に遅れをとったと落胆せずに二〜三年と期限を切って将来の夢を信じて再挑戦したいものである。

他方、大学を卒業すると多くは就職する。官公庁、民間企業、規模も大手から中小零細に至るまで千差万別である。職場環境はみな個性的で独特である。自身の保持する能力がそのまま上司に評価される場合もあればそうでない場合もある。人事は好き嫌いで決まることは暗黙のルールである。私は一例として、こんなことを社員に話している。

海外の取引先X社から、「商談にあたり一週間以内に社員を派遣してほしい」と要請があったとする。会社は適任者にAを内定し、Aに海外出張を命じたところ、パスポートを持っていないという。そこで会社はAより能力的に劣るBを派遣せざるを得なくなった。ところがBが首尾よく商談を成功させて帰国する。それから、何カ月かが過ぎ、同じようにX社から派遣の要請があった。この時点でAはパスポートを取得していた。会社はAの派遣を希望したが、X社は事情の知っている

Bを指名してきた。この時点で、Aの派遣の可能性はなくなり、会社にとってはBが唯一頼れる存在となった。私は社会人になったら「パスポートをいつも持っていること」とアドバイスしている。ここで「パスポート」とは、文字通りの海外渡航のためのパスポートと狭義に解するのではなく、それは、専門的知識であるとか、競合他社の動向などの希少は情報など、「他者に抜きんでた資源」と広義に解する。

社会人になれば、こうした「チャンスは一度限りと心得よ」。チャンスは二度ない。

(12) もの言える老人のための条件

最近、高齢者の方が、病院や駅などで暴力を振るう、暴言を吐くなど、いわゆるキレる老人が増え社会問題になっている。原因は前頭葉の機能低下やホルモンの低下、社会からの隔絶など多くの要因が指摘されている。いずれにしても自我の抑制力が衰え、感情のままに言動する老人が増えたということである。彼らの言動は一見、自己主張し、ものを言っているようでありながら、実際は、「もの言えない老人」たちであると考えている。

古希を過ぎると世間の見方も高齢者扱いになる。そうしたときに今までどおりに、自由にものを言えるための条件はなにか、改めて考えてみた。その結果、以下の三条件にたどりついた(あくまでも私自身への条件であることをお断りしておく)。全部が充足できれば問題ないが、現実はそう簡単ではない。

第一は、心身ともに健康であること

自由にものを言えるためには、相手に対して言うだけではなく、相手の主張や意見に対して耳を傾け、時には受けて立つ忍耐力が求められる。そのためには心身ともに健康であることが重要である。身体の健康管理については食生活に工夫を凝らし、適度な運動を取り入れ、リズムカルな毎日を送れるよう努める。一方、心の健康には、〝所詮この世は神の借り物〟とする「賃借権思考」がよい。これを「所有権思考」で生きようとすると、人を支配し、物に執着するあまり、自他の衝突を招き、ついにはストレス禍に堕して心を壊すことになる。

第二は、社会的活動に参加する(している)こと

ここで社会的活動とは、他者と共存する意識下で、広く社会・地域との接点・人間関係をもつことを意味する。在職中の職業・職種や職場の地位、資格から解放されて、イベントに参加してみる、なにかの役を引き受けてみるなど、その豊富な体験を活用できる場は広範である。そして、少しだけ「他者を先にする」姿勢で臨めば、もの言える環境は整っていく。

もちろん、ひとり趣味の世界に没頭するのもよいが、人間は人との関わりのなかで生きる社会的動物であるからなんらかの接点を持ちたいと思う。無為に過ごす余生は寂しい。

第三は、ある程度の経済力があること

現在の社会保障制度では、建前は最低限度の生活が保障されている。しかし、満足度の高い老後

を送るためには、衣食住を確実にするための不断の工夫と努力が必要である。

私は、幸福感は「同世代との相対的比較による感覚である」と考えているので、より幸福感を実感するには同世代の一二〇パーセント以上の経済力を目標にすべきと考えている。仮に百万円が平均だとすれば百二十万円を目標とする。二十万円の使途は自由で広範に及ぶ。

(13) 日々是好日

いまから五十年も昔の話であるが、ＪＲ高田馬場駅からすぐ近くに某大学受験予備校があり、その玄関前に「日々是好日」の垂れ幕がかかっていた。今もあるかどうか確かめていないが、近頃の天候不順や自然災害の甚大さをみると、これを文字通りに「毎日毎日が素晴らしい」と解する心境にはなかなかなれないのが凡人である。

この禅語を残したのは中国唐代の雲門という僧侶である。この読み方は、「にちにちこれこうにち」とか「ひびこれこうじつ」とかいろいろあるようだが、私は「にちにちこれこうじつ」と覚えている。

この禅語の意味するところを、毎日が良い日となるように努めるべきだ、という解釈や、さらには「常に今この時が大切なのだ」という解釈もある。おそらく、受験生にとっては良い点数を取る日もあれば悪い点数を取る日もあろう、しかし、そのことで一喜一憂することなく、常に今この時

（受験に向き合う努力の姿勢）が大事であるという意味にとらえるのが適切であろう。
「好日」を文字通りに「晴天」ととらえた場合、東京地方の年間の「晴天」日数は二百二十日程度である。「晴天」の範囲は広いから雲の量が二割程度でも晴天であるし、七割程度でも晴天となる。雲の量が一割以下の「快晴」となると四十日前後である。暑くもなく寒くもなく、湿度も低くさわやかで過ごしやすい日はせいぜい二カ月程度であろう。しかし、自然の運行、摂理に照らせば、雨は大地を潤し、風は木々の間に新鮮な空気を送り植物の種子を遠くまで運び、曇りは太陽の強い紫外線から身体を防護する、雪は根雪を作り来る春の農耕の用水として、また人々に飲用水として供される。いずれも人間の生存に欠かせない重要な役割を演じている。

四季のある日本（日本人）は「芭蕉一門の人たちに聞けば、こうである。四季それぞれみなよい。雨・晴れ・風・曇り、みなそれぞれの風情がある。わけても秋の雨をよく聞くがよい（ちなみに良寛は冬の夜の雨を聞くのが非常に好きであった）」（岡潔集　第二巻）。

雲門ほどの禅僧が「好日」を文字通りに「晴天」の日と説いたはずがない。人生は山あり谷ありで、一日として同じ日はない。自身や家族の病気、他人とのもめごと、仕事上のトラブル、借金の返済など、人はそれぞれに複雑な事情を抱えながら生きている。心の芯から喜べる日は本当にわずかかもしれない。しかし、そうした「悪日」の中にあっても、日々生かされていることに感謝し、命の尊さを讃え、我が身を慈しむ心は「好日」であると……。

このように「好日」は生きていく意味を「その日々」に見る未来への応援歌である。

（14）お金持ち気分

タイトルが「お金持ち気分」であるから、当人はお金持ちでないことはすぐにわかる。「〇〇気分」と「気分」を付けるだけで、〇〇な心的状態になり、心は穏やかになるから不思議である。「お金持ち気分」といえば、富裕でない現実を認識しながら、そこから喜びを見出すのであるから諦念した先の高次な悟りの境地といってもよいであろう。

ここで、改めてお金持ちとは、どのような人を指すのかみてみよう。

「富裕層」の定義は、調査機関によって若干ばらつきがあるが、概ね「一定以上の比較的大きな経済力や購買力を有する個人・世帯……」で、主な居住用不動産、収集品、消費財および耐久消費財を除き百万ドル以上（あるいは一億円以上）の純金融資産を所有する世帯と言えそうである（RBCウェルス・マネジメント、Wikipedia）。その基準によれば最も多い国はアメリカ（約四三五万人）、二位に日本（約二四五万人）、三位にドイツ（約一一四万人）、四位に中国（約八九万人）と続いている。日本人が二位の結果にはその実感がなく違和感があるが……。野村総研の「富裕層」の定義は、「一億円以上五億円未満」である。そして、五億円以上が「超富裕層」、五千万円以上一億円未満が「準富裕層」と分類されている。五千万円以上もっていればお金持ちの入り口にあり、一億円以上でお金持ちということになる。世帯数で換算すれば全体の二パーセントぐらいが富裕層で、準富裕層まで入れて八パーセントぐらいである。

これらの基準とは別に、私はいわゆる「プチ・ブルジョワジー」を志向してきた。同世代の人に話すと一笑にふされたものであるが、ここでのプチ・ブルジョワジーは、本来的な、わずかな生産手段を私有する者というよりは、平均的サラリーマンの暮らしよりは一・五倍程度の良い暮らし向きを標榜する総称である。その判断基準は、別荘、高級乗用車（二千万円以上）、ヨットのいずれかを保有していることである。

こうした指標は、日々の働きの上でも上昇志向を喚起し、生活にも張り合いを与えるもので有効である。ただ、「お金持ち気分」は財産を保有しなくても味えるものであるから、例えば、仮に昨日まで五千万円借金していたが、今日その借金の全額を返済したとする。借金から解放された喜びは、天にも昇る気分である。貯蓄残高が零円になったとして、その心の充足感は最高である。これまた「お金持ち」である。一時、わが家の貯蓄残高が八千円になったことがある。計画に万に一つも狂いが生じれば破綻する人生の賭けであったが、目標が成就されたことで、この八千円がどれほど大金に思えたことか。

「気分」は心の様相である。お金持ちかどうかの判断は、「保有金融資産額ではなく累積使用額の多寡による」と考えると心も軽く「借金も財産のうち」となって活きてくる。

（15）豊かな老後と競争心

人生百年の時代が叫ばれるようになった。徒に長寿であることが幸せかどうかは一概に言えないが、漫然と呼吸し続けることは苦痛であろう。外国の刑事裁判では懲役百二十年などと現実にありえない判決を下すことがある。人類の寿命から判断すればそれは非科学的で通常ありえないことである。道義的に非難するための「限りなく無限に近い重い刑罰を科す」という意味であったとしても賢い制度とは思えない。

さて、限られた寿命、人生を豊かに生き抜くためには、どうしても他人の生き様が気になるところである。スタートラインは同じでもいつの間にかバラバラに散り乱れ、先頭を行く者と最後尾では大きな隔たりが生まれる。

競争することを忌み嫌う人は必ずいるが、競うことが「悪」であるような風潮は好ましいとは思わない。私が小学生の頃（昭和三十年代）は、運動会（とりわけ徒競走）では一等賞をめざして皆競い合ったものである。前日には道端に咲く「タンポポの汁を脛に塗り込めば脚が速くなる」という迷信を信じて、脚を真っ黄色にして臨んだ級友もいた。物資が不足した時代だから、賞品には普段買えないような鉛筆やノートなどが用意されていて、二等賞、三等賞の順に少しずつ本数や質が落ちていく。「入賞」も立派な勝者であるのだが賞品の差にむしろ虚しさを覚えたものである。「こんな賞品ならいらない」と思ったりもした。

こうした光景も昭和五十年代に入ると、幼少期から競争心を煽ることの善悪が取り沙汰されるようになって、「全員一等賞」とか、「賞なし」が普通になってきた。公平性とか平等とか、競争心を抱くことが悪であるような極端な意見が多く聞かれるようになった。

しかし、仮に「競争」の「罪」を説き聞かされ、それを理解したとしても、現実社会には勝者と敗者が生まれる。この現実を甘受し諦観できる世代はせいぜい団塊世代あるいは昭和二十年代まではないかと考えている。団塊世代（昭和二十四年生まれ）の私には、競争社会は当たり前であったから、競争で勝つ者がいる一方で負ける者もいるわけで、安易な同情は無用と考えていた。破れて悔しければ歯を食いしばってでも生え抜かなければならない。自らが得意とする別の土俵で活躍することで活路を見出さなければならない。生存競争は熾烈である。

体験的に同世代間（水平比較）での優越性は社会的、経済的に二〇パーセント以上の差をもって実感すると思っている。異世代間（垂直比較）では差異が顕著であったとしても意外と悔しさや失望感がなく、是認できるように思っている。隣家の芝生の青さに無関心、無神経では、あまりにも寂しいような気がする。豊かな老後を送るためには鼓舞する躍動が欲しい。

（16） 退き際の美学

今ある状態・地位から身を引くことを人に勧告することは容易であるが自身の事となるとそう簡単ではない。執着することを恥ずべき行為と指弾するのは、正鵠を射ているように見えるが、自分だけは例外と認識している人が多いように思う。

季節は晩秋というのに、今、安倍晋三前首相の「桜を見る会」前夜の夕食会の食事代の支払いをめぐり（元首相側が会費の一部を補填したことを認めたことで）再燃している。

早速、作家の平野啓一郎は「安倍前首相は最低でも即刻議員を辞職すべき」と噛みついた。

作家は文章にも長け、その訴求力はずば抜けているだけに同調者も多い。しかし、私は〝なにごとにおいても清廉潔白な〟人物はいるのだろうかと疑念を抱くのである。道を究めたはずの名僧、高僧といえども自らそれを証明することは難しいであろう。仮に横断歩道を渡るにあたり、赤信号なのに渡った経験はないだろうか、「人は右、車は左」という交通ルールがあるにもかかわらず左側を歩いた経験はないだろうか。政権中の実績評価と公職選挙法違反容疑の事項との軽重を実質的に天秤にかけることは絶対に許されないものだろうか。

作家・評論家として活躍された内橋克人の著書に『退き際の研究』（日本経済新聞社、一九八九年）がある。「経営者、政治家はその任にあるとき「何をなしたか」、すなわち在任中の企業、社会に対する貢献度によって評価されることはいうまでもないことですが、しかし、同時に次の世代、次の社会に対して「何を遺したか」をもってトータルな評価が定まる。それが歴史の視点というものではないでしょうか。」「ひとたび権力の座についたものは、自らの「出処進退」によって後世の毀誉が定まることを、いま、この時代、深く自覚して事に当たることが必要であると思います。」と結んである。

私も、内橋克人に同感である。周囲があーだこーだと理路整然と追及する(近年は誰もが簡単にツイートできる環境になったこともあり、その反響は一瞬にして凄まじいほどに広がりを見せる)のではなく、本人の自浄に委ねるのが最善ではないかと思う。自らを律するのをしばし待つことは、日本人として許されるように思う。

決断を迫られる者は、何処も同じである。アメリカ合衆国トランプ大統領は十一月三日の選挙結果を不服として法廷闘争に入っている。周囲は最後の悪あがきとあきれかえり、恥ずべき行動と非難しているが、一月二十日までには自らを律するのではないかと考えている。

横綱白鵬と鶴竜に二十三日、横綱審議委員会が異例の「注意」を行った。休場が多く横綱としての自覚を促す最後通告である。しかし「引退」まで踏み込めなかった。今は「待つ」を選んだのである。一方、元大関琴奨菊は十両に陥落後、場所半ばに引退表明し身を退いた。

(17) 仏教への誘い

令和二年春、中国武漢から発した新型コロナウイルスは、晩秋の今もますます勢いを増し続けている。範囲は世界に及び、アメリカ、ヨーロッパはじめ医療先進国の防疫体制を嘲笑うかのように、感染者数、死者数とも日々更新している。日本においても終息しかかったと思いきや、再び増加に転じ、政府その他各都道府県はＧＯＴＯトラベルの一時停止を発するまでに至っている。

　こうした緊急非常時における今年五月、私は、ＧＷに日本の仏教学者、宗教家である紀野一義の著書三冊、現代に生きる仏教シリーズの『いのちの風光』『佛との出会い』『大悲風の如く』と作家・遠藤周作の『死海のほとり』を読むことができた。新型コロナウイルス禍にあって会社がテレワークや時短など業務形態の見直しを迫られたことで時間に余裕ができたことが第一の理由であるが、古稀を過ぎ人生も第四コーナーに入って、改めて「生きること」の意味が分からなくなりかかっていたからである。

　私の宗教心、信仰心は意外にも子供の時分から明治生まれの両親の影響もあって、神仏に手を合わせることに抵抗なく、菩提寺であった円通寺（むつ市にある曹洞宗の寺院で、一時戊辰戦争で敗れた会津藩→斗南藩（三万石）の藩庁が置かれた寺院。本尊は釈迦如来）にはお釈迦様の誕生日とされる四月八日に執り行われる「花まつり」には寺にお参りして甘茶をいただいたりしていた。紅茶がまだ庶民には広く知られていない時分であるから、その香りと味はまさしく「甘茶」で、なぜか誇らしく思ったものである。上京して大学生のときには、アルバイト先で知り合った東京神学大学の学生の誘いで年末恒例の社会鍋で有名な救世軍の教会に通い、勧められるまま洗礼も受けた。その後、奈良吉野出身の家内と付き合うようになって、天理教を知り、その教理にも興味をいだき、現在は混交した信仰の中にいる。

遠藤周作の描きだすキリストの実像に素直に感銘しながら、異教徒として糾弾されそうな自説を展開するその作家魂に驚嘆する。そして、行きつく先は仏教が一番自分にはしっくり納まることを紀野一義により知らされた。多数の著書の中でこれら三冊しか読んでいないが私には十分で、これを繰り返し読み込むことで佛に近づけるような気がする。

『大悲風の如く』の中で紀野一義は、法然、道元、親鸞、日蓮のそれぞれのひととなりを「知性」の人、「意志」の人、「理性」の人、「情感」の人と洞察している。その生い立ち～活動～教義・思想から帰結したであろう仏教学者の言説を検証する力のない私はそのまま信じたい。そして徒に見性《けんしょう》を追い求めることなく、座禅している姿そのものが仏であり、その中に悟りがあるという、道元の教えが私にはわかりやすい。

(18) 情感《ゲミュート》(Gemüt)

仏教学者・紀野一義は著書『大悲風の如く』の中で、日本の仏教の歴史の中で日蓮上人を「情感」の人であるという。普通「感情」というところをあえて逆に「情感」といわしめるのはそれがドイツ語の「ゲミュート」に似ているからだという。

Gemüt を辞書で引くと心情、情緒、気質、気立とある。形容詞 Gemütlich は、居心地のよい、くつろいだ、和やかな、とある。

また、日本の小説家、劇作家、評論家で白樺派の作家として人道主義的な作風で知られた長與善郎(一八八八〜一九六一)は『竹沢先生と云う人』の中で「一流の高さに達した人間の心情(ゲミュート)には」とある。

紀野一義は、「「ゲミュート」ということばは説明しにくいことばであるが、「詩人的な才能」といってもよい。「直感的な能力が非常に発達している」といってもよい。「ゲミュート」ということばには、そうしたものが全部ふくまれているのである」。「日蓮上人は、ドイツでいうディヒター(文豪)としての性格、つまり非常に詩人的な素質ももっておられる。情感が非常に豊かである。それから直観力がすぐれている」点から「情感」の人と位置づけたようである。

さらに続けて「こうした才能が一番向いているのは、今日なら、ジャーナリストである。ジャーナリストといっても。吹けば飛ぶようなその辺のジャーナリストではなく、政治的な感覚もはっきりしており、文学に対する情操も深く、特に人間の命に対する考えの深い人がジャーナリストとして一番大切な人であると思う」。つまり、政治的感覚に非常にすぐれ、先見の明をもち、人間に対する情が深い人といいあてたものといえる。

しからば法然、道元、親鸞はどうか。日蓮聖人ほどではないにしても、乱世にあって、民衆を引きつける力は、詩人的で直観力のなせる姿ではあるまいか。時の政治に深く関与せずとも間接的に大きな影響をもっていたのも政治的感覚にすぐれていたからといえる。

元アメリカ合衆国のオバマ大統領が立候補演説で頻繁に使ったフレーズに「Yes We Can」

「Change」は多くの若者の心をつかんだ。彼もまた、誌的で政治的な直観力の持ち主で「情感」の人といえるであろう。

さて、私は、こうした見解は本人の属性から発して見える形象をいいあてるものであり、むしろ「情感」の人とは、相手からみて、その人がそこにいるだけで、わけもなく心が寛ぎ、居心地がよくなる。そうした雰囲気で人々を魅了する人ではないかと思う。Gemütlich な心の持ち主が「情感」の人でないかと思う。それは、また私が求める自画像でもあるから。

(19) 顔

私は、学生時代の昭和四十年代の前半、作家・五味康祐の『五味人相教室——顔が表す男女のシンボル』(光文社カッパブックス、一九六九年)を貪るように読んだ記憶がある。一時、人相、手相など観相学にはまったことがあり、堅苦しくないこの本は気軽に持ち歩けて便利であった。著者は後に『喪神』で第二十八回芥川賞を受賞するのであるから、書かれた内容はまんざら嘘ではなかったと思っている。瞬時に女性を裸にし、その将来像まで読み解こうとするのであるから、質が悪く、今日のストーカー以上に陰湿な行動だったかもしれない。しかし、五十年経った今も職場の机の引き出しにしまって重宝している。

先日、正月から中途入社してくる建設技術者と面談した際、受験者は新型コロナウイルス感染予防の観点からマスク姿で現れた。開口一番、「マスクを一瞬でいいですからはずしてくれませんか、私もはずしますから」といってマスクをはずしていただいた。そして、「マスクに隠されたあなたの本当の顔を見たかったから。あなたの人相を観たところです」というと驚いた表情を浮かべていた。こんなことを要求する面接者もいないであろう。

顔は、その人の生活や人生、健康状態などを映している。岡潔は「人の顔つきは固定していないのである。私は人の中核は無形の森羅万象だと思っている。私はそれを情緒と呼んでいる。それがたぶん、情緒の中心によって顔つきとして表現せられるのであろう」と述べている(岡潔集第二巻)。森羅万象を表す顔であるから、「顔は男の履歴書」とか「顔は男の勲章」ともいわれる。その人の来し方と行く末を暗示している。

初対面の方を知る最大の手がかりは顔である。やはり、吉相もあれば悪相もある。気立ての良さが顔に出てさらに美人ならば、そうでない人に比べ好感を持たれるのも道理である。第一印象が大きく影響するからである。

岡潔の著書にこんな箇所がある。昭和三十五年、氏が文化勲章をいただいたとき、作家吉川英治から聞いた話である。「熊本のある中学の校長がよく人を相した。それで東郷(平八郎)さんが息子(彪)さんを連れてわざわざ見てもらいに行くと、校長はしばらくじっと息子さんの顔をみてずばりいった。「閣下の息子さんじゃが、この人は百姓がよいのう」。東郷さんは早速息子さんを新宿御苑の菊づくりにしてもらったという。御苑の菊はこの息子によって作り出されたのだという。また、紀野一義は「顔というものは人間にとって非常に大切なものである。ことに顔の中でも眼はごまかしようがない。眼が死んでいるような人は魂も死んでいる。魂の生きている人は、やはり眼が生き生きしているのである」(『佛との出会い』)。

中宮寺の弥勒菩薩の顔の表情、右手の指先を軽く右頬にふれて思索する姿は絶品である。

(20) 背中

人間の背中は正直だ。悩みごとを背負っている人は寂しそうに見えるし、貧相な人は背中を見るとわかる。この世の苦しみや悩みを一身に背負っているかのように弱々しい。その背中を見ていると、人生のどの分岐でこの道を選んだのだろうか、その時、何を基準にこの道を選んだのだろうか、他人事なら考えてしまい憐憫の情が湧いてくる。

今を人気の俳優さんの中には、いつも前からしか撮られないから、にこやかで陽気に振舞っているが、ふと見せた背中に憂いを覚えることがある。後ろから撮られることを想定していないから背中に対して無防備なのである。カメラは嘘をつかないからこわいと思う。

背中が命の芸術に「能楽」がある。ご存じのように、能楽はシテ(仕手)とワキ(脇)から成るが、シテが主役で、ワキはもちろん脇役であるが、舞台を引き締めるのはワキである。ワキはほとんど観客に背を向けているが、シテはワキに引っ張り出されてくる。紀野一義は、「シテは素人が演じることがあっても、ワキは常に専門家でなくてはならない」とは、このことであろう。

一方、背筋が伸びて姿勢よく背中が大きな人はおおらかな人が多い。そうした人は歩く姿にも勢いがあり、なぜか、人を引き付ける魅力がある。肩で風を切りながら歩く人も表面上勢いを感じるが、カラ元気で、信頼は湧いてこない。後姿が立派で温かくついて行きたくなるような人はそう多くはないが、自身はそうした人になりたいと思っている。

さて、今日、父親が小さな子供を背負っている姿を見ることはめったにない。私の子供の時分は結構見かけたような気がする。母親の子守り姿さえ、背中に背負うことは少なく、生まれて間もない乳児は前に抱えているか、少し大きくなると乳母車が普通になっている。子供の自律を促す、早期教育からすれば（背負うことは）理にかなっていないのかもしれないが、とりわけ乳児の時期は、人間の最も基本となる「情操」の時期であるから、あまり急がなくてもよいのではないかと思う。

私の子供時分、母親が背中に背負うのが普通であった。子守り歌を歌いながら、農作業をする姿も多く見かけた。私は、子供を背負うことは、親と同じ目線をもつことで視覚からの情報を共有できる利点があると思っている。背中の子はなにも言わないが前に抱えるよりもぬくもりと情愛が生まれ、信頼感、安心感が増すように思う（これに対しては前に抱く方が情愛が高まり、親子のコミュニケーションが深まるという意見もあるが）。これから結婚される若いカップルには、背中におんぶすることを厭わず、むしろ、リバイバルな育児ファッションとして、その利点を享受してほしいと思っている。

(21) 足元注意

この頃、筋肉の衰えを少しでも遅らせようとエスカレーターやエレベーターは極力避け、駅の階段は歩くようにしている。それも寄る年波を考えて、手すりのある側を選び、いざというときにはすぐに手すりに掴まれるように歩いている。歩いて気づくのは、上りよりも下る方がより注意が必要で、それも最後の一、二段が一番注意が必要である。あと一、二段というときに安心するのか足元をしっかり見ていないことがある。着地するまではつま先に注意を集中することが肝要である。うっかり注意が散漫になると、あるはずの一段がなかったり、ないはずの一段があったり思わぬ怪我の原因になる。私も数回経験している。やかんに水が入っていると思いこみ持ち上げたら空で、筋肉に誤情報が流れ違和感を覚える、あの感覚である。

転倒事故は、老若男女問わず、場所と時を選ばず心の隙を巧みに突いてくる。先日、新型コロナウイルス禍で急に需要がのびたUber Eatsの青年が、盲人用誘導ブロックの溝に自転車の車輪を滑らせ、そのまま前に転倒し顔面を打つ場面に遭遇した。青年はなにごともなかったように立ち上がったが顔面を強打したのだから痛くないはずがない。料理も崩れて店に戻ったのだろうか、店主にひどく叱られなかっただろうか。不況下でようやく手にした仕事を休むわけにもいかず、その後も続けているだろうと思うと本当に気の毒に思えた。また、雨の日、地下鉄駅の表に面した階段を少し下った最初の踊り場で妙齢の女性が、同じように誘導ブロックの溝にヒールを滑らせ後向きに転倒した。幸い頭部ではなく腰部を打ったようで、しばし、座り込んだままでいた。

古希を過ぎて注意することは、日常慣れ親しんでいる場所での思わぬ転倒事故である。その中には家の中も含まれる。それを境にして病床に長く伏すことも多く、とりわけ下肢や腰の骨折などの損傷は命取りになりかねない。バリアフリーを施しているからと過信は禁物である。わずか数ミリの高低差が転倒事故につながることがある。屋外にあっても同様で、スポーツジムなど開放感のある空間では、リラックスした後のちょっとした心の隙に思わる事故が潜んでいる。しっかり「着地」するまでは気を抜かないことが肝要である。

容色は衰え、筋肉が細り、自然に還るのは人間の宿命であるが、最期まで精神は高揚感に満たされて過ごしたいと思う。そのためには肉体が健全であることが大事である。年相応の健康を維持するためにも転倒事故だけは避けたいものだ。

先日、全日本個人総合（男子体操）選手権大会が放映されていた。あの力強さと優美さは最後の着地のつま先に凝集されるのだとガッテンした。「足元注意」で今日も生きよう。

（22）教養人

教養のある人を教養人というが、これがなかなかどのような人を指すのかわからない。「教養」

を辞書で引く。「ひとりの社会人として身につけるべき、はばひろい知識やこころの豊かさ」(『例解新国語辞典第五版』三省堂)、「㋐学問、幅広い知識、精神の修養などを通して得られる創造的活力や心の豊かさ、物事に対する理解力。また、その手段として学問・芸術・宗教などの精神活動。㋑社会生活を営む上で必要な文化に関する広い知識」(『大辞林』小学館)、ほか、辞書によりさまざまである。求められる教養の内容は所属する社会の文化、国家の統治形態、民族によって異なるであろうし、幅広い知識といっても人文科学なのか社会科学なのかそれとも自然科学なのか、いずれが重視されているかによって異なるであろう。例えば自然科学に関する知識でもデジタル時代の今日とアナログ時代ではかなり内容が異なってきている。

このように「教養」は、一見普遍性を有しながらその内容は全体的・時間的に発達している状態であるから、抽象的でとらえどころがないように見えるが、凡そ、「教養人」のイメージはつかめそうである。例えば、古典、文芸に通じ、俳句や漢詩、書画をたしなむ碩学の夏目漱石や寺田寅彦に異論を唱える人はいないであろう。ただ、ここで言及するのはあくまでも市井における教養人ということで以下考えてみたい。

今から五十年以上も前、私の学生時代を思い起こせば、いわゆる知識層と自認する学生は好んで『朝日ジャーナル』や『中央公論』、西田幾太郎『善の研究』などの哲学書を読み、(難解な文章をいかにも理解しているかのように)その中で論じられている主義主張を、無批判的に受け入れ、討論となるとそれを引用して反駁する光景があった。作家では丸山眞男、桑原武夫、大江健三郎など現代の政治・経済・社会・文化、さらには恋愛・結婚など諸問題に一家言をもつような作家が信奉されていた。また、当時は、ベトナム反戦デモや大学改革が叫ばれ学生運動が盛んな時代であったから、デモに参加しないノンポリ学生は、意識が低く教養が足りないとみなされ肩身の狭い思いをした時代であった。

そこで、私が「教養人」と言われるための要件はなにか考えてみた。私が求める「教養」とは、「洗練された振る舞いや会話を楽しむ能力、およびそれらに必要な知識や文化的素養や心の豊かさ」である。それを実現するには、「著書を通して一千人の人生を疑似体験すること」にした。ジャンルは問わない。つまり、著者の功績・足跡から幅広く知識等を身につけること。仮に目標まで六百人として年間三十冊で二十年かかる。ということは九十歳を過ぎてようやく「教養人」の仲間入りである。至難であるが刺激ある新たな目標に乾杯！

（23） 品格Ⅰ

品格とは、「その人やその物に感じられる気高さや上品さ。品位」（『大辞林』小学館）である。私たちは品格の有無を明確に判断する術を持っていないが、「品格は所作に現れる」ことを感じている。

日本一高い富士山は、その優美さ気高さにおいて他の追随を許さない品格の山である。地下を絶え間なく流れる熱いマグマが「時の旬」を得て噴出し、周囲との調和の中で現在の姿となったのである。これを人間に置きかえると、地下に眠る膨大なエネルギーは「教養」であり、その表出した姿が「所作」である。

教養とは、洗練された振る舞いや会話を楽しむ能力、およびそれらに必要な知識や文化的素養や心の豊かさであるが、それは、育った環境、受けた教育、交友関係、出会った書物など多様多彩な要素の影響をうけて熟成され、結果としてその人独特の「所作」に至る。留意すべきは、教養＝所作ではないことである。とりわけ、品格を感じる所作、上品と感じる所作を体得するには、それなりの努力が求められる。その結果が「身についた上品さ」であり、「品格ある人」になるのである。「教養人」になるには長い年月を要するが、ある程度の所作を身につけるためには、相当の時月があれば足りると考える。例えば、茶道、華道、書道、武道、行儀作法などは、人間の無駄な動きを排して洗練された振る舞い、言葉づかい、間合いを教えてくれる。一つの行為が次の行為に無駄なく無理なく流れ行くさまは、見ている者に心地よい感動を与える。また、身についた師を慕い尊敬する心情は、これらの所作に接した者に自尊心と他者への思いやりを覚醒させる。

教養人の域に達していない者は是非、道を求め作法を身につけたいものだ。映画『マイフェア・レディー』で女優オードリ・ヘップバーンが、ヒギンズ教授の厳しい特訓を受けて上流社交界へ上りつめて行くシーン、悲痛と歓喜の心情の交錯が懐かしく思い出される。

私たちは普段、無意識的に自他の違いを、その容姿や言葉づかいなど外見から受ける印象と、思想や信条、物に対する見方や考え方、持っている知識や性格など内実から受ける印象によって、それぞれの所属する品格を値踏みし遠近を測っている。その距離が近い場合には親しみを感じやすく、遠い場合にはあこがれや羨望の対象となる（もっともその距離が疎ましい存在に写る場合もあるが）。そして、その距離にあこがれを感じる場合には、上品を希求する意思（気持ち）がある証拠であるから、その意思を持ち続けることがとても大事なことになる。

（24）品格Ⅱ

宗教学の権威である紀野一義によれば、「観無量寿経」という女性のために説かれたお経では、「人間を九つの階級に分けてある。よく「あの人は上品」というが、あれは「じょうひん」というのではなくて「じょうぼん」と読むのがほんとうである。一番上等な人間が「上品上性《じょうぼんじょうしょう》」、次が「上品中性」、さらにその次が「上品下性」そのあと「中品中性」……とつづいて、……一番下の人間のことを「下品下性」というのである（『大悲 風の如く』）。

さて、人間を九つの階級に分けた場合、上品、中品、下品の割合はどうなっているのか気になるところであるが、私は、かつて学校の通信簿が成績を5段階に分けていたように、上品「5」が七パーセント、中品が八四パーセント（上性「4」一四パーセント、中性「3」五六パーセント、下性「2」一四パーセント）、下品「1」が七パーセント、とするのが実態に即しているのではないかと思っている。この分類によれば上品上性な人はせいぜい百人に一人から二人という極めて狭き門を通った人ということになる。

ここで、留意すべきは、高学歴者＝品格者ではないことである。学歴がなくても博識の人はいる。同様に資産家＝品格者ではない。貧乏しても高潔な人はいる。高学歴者や資産家でも野卑な人、吝嗇家は、蔑まれる。また、いかに外見的には上品さを振る舞っても、内実が高慢であったり、欲深かったり、人を見下すような人は論外である。自分を必要以上に能力者に見せようとして学歴詐称をする人も同様である。

それでは品格ある人になるにはどうすればよいのであろうか。別項で述べたように品格は教養に裏打ちされた所作に現れるから、第一に教養を身につけることが不可欠である。しかし、教養は無形であり際限がないからそう簡単に身に付くものではない。そこで、考えられるのが、先人が極めた作法を学び習得するという方法である。例えば、先人が重んじた茶道や華道の流儀・作法を身につけることで、好感をもたれる所作（礼節を守り、相手を心地よくなごやかな気分にさせる）を身につける方法である。作法も無形であるがそれは練習（お稽古）を繰り返し行うことで型を成し、全体として所作と成りうるからである。

その他、先人の戒語の中にも品格者となるためのヒントはある。例えば、良寛上人の二十八の戒めは、側面から上品な品格者となるための条件を提示しているように読める。例えば、「ことばの多き」：あまり無駄口をしゃべるな、「とわずがたり」：聞きもしないのにペラペラしゃべるな、「手がら話」、「能く心得ぬ事を人に教ふる」、「物いひのきはどき」：誇張した物の言い方をするな、「自慢話」、「好んでから言葉を使う」：今風にいうと、英語や外国語をよく使う表層的インテリ、「品にあはぬはなし」など。耳の痛いことが列挙されている。

（25） 良寛上人に学ぶ

「老年書生の境地」を良寛上人に学ぶ。人生において、「生涯の師」に出会えることは最高に幸せである。「生涯の師」と出会えたならば、それからの人生が大きく流転するからである。それまで諦めていたことが師の一言で光明を見ることがある。自身の殻に閉じこもり逡巡していた狭い世界が、師を得たことで殻が破れ世界が広がる。師は必ずしも一人である必要はなく、自身が希求することに応じて、二人であってもいい、ただ、（求める側には）師に添い学ぶ謙虚さがなければならないし、（師には）教えを乞う者に自身が持つすべてを供与する度量がなければならない。したがって、「生涯の師」と出会うことは容易なことではない。つまり「吸収仕切る覚悟と吐き切る覚悟」が求められるのである。その出会いは因縁である。

私自身を顧みれば、「生涯の師」は、大野正道 筑波大学大学院名誉教授がそうである。企業の事業承継という喫緊の課題を抱えていたときに出会えるという「時の旬」に恵まれたのである。爾来十数年が経つ。この間、同志の知己を得、「企業承継法の理論」「非公開会社と準組合法理」について、繰り返し、繰り返し学ぶことができた。

さて、古稀を過ぎて、人生の最終章が見えて来ると、これまでとは少し趣の違う生き方を希求するようになった。改めて「生涯の師」と出会えることは至難であり、考えあぐねていたときに、「歴史上の人物に学ぶのが良策」という考えに至った。江戸時代後期の曹洞宗の僧侶、良寛上人がその歴史上の人物である。

良寛上人は、平均寿命が三十歳〜四十歳と推測される江戸時代において満年齢で七十三歳まで生きられた。子供たちと無心に手毬をして遊ぶ姿は、純真で無欲恬淡な性格が滲み出ていて懐かしく、昔を思い出す情景である。人々に道を説く禅僧よりは、遊戯三昧の人で、歌人、漢詩人、書家として名を成したのもわかるような気がする。

良寛上人が好んで書かれた古語に

君看雙眼色　―　君看よ雙眼の色
不語似無憂　―　語らざれば憂い無きに似たり

がある。芥川龍之介もこの古語が好きだったと聞く。生きることの悲哀のようなものを感じさせる詩であるが、人間には、だれにでも双眼の奥の方にこうした陰影とか色というものがあるのであろう。また、相愛の貞心尼に向けた辞世の句に、「うらを見せおもてを見せてちるもみぢ」がある。

隠すことなくすべてを曝け出した自身はこれから大地へ戻ることになるのだから何も嘆き悲しむことはない。私もまた、相愛の妻、貞代に向けてこの俳句を引用し、さらに「わが人生に悔いなし」と付け、結びたいと思っている。

Ⅱ　働きの環境

（1）テレワーク

新型コロナウイルス感染症が拡大するなか、企業は職場でのクラスターだけは発生させまいとその対策に必死である。社内ではいわゆる3密（密閉、密集、密接）回避に細心の注意をして職務にあたるよう指導している。

また、原則として体調のすぐれない社員（発熱、咳、のどの痛み、下痢の症状など）については自宅で休養するよう勧めている。

こうしたコロナ禍のなかで、大きく変わった働き方に「テレワーク」がある。当社の例でいえば営業職など新規顧客の開拓など顧客と直接お会いすることが受注の成否をにぎる部門を除き、設計、見積など在宅で仕事ができる部門は出社を控えテレワークを推奨している。

テレワークとは「tele 離れた所」、と「work 働く」をあわせた造語で、ＩＣＴを活用した時間と場所に囚われない柔軟な働き方を意味する。

一般に自宅で仕事を行う「在宅勤務」は、テレワークの一形態である。当社ではテレワークはほぼ在宅勤務と同義に用いられている。多くは自宅にあるパソコンを使って必要なデータを会社から持ち出し（ＰＤＦ等）、会社にいると同様の環境で仕事する状態の在宅勤務である。この勤務形態は、皮肉にも二〇一九年四月から施行された政府の働き方改革に呼応するものとなったが、実態は表層的なもので問題解決にはほど遠く課題を残している。

実際五月から七月にかけて新型コロナウイルスが人々の意識下で脅威をきわめたとき、テレワークを実践した社員は半数に上った。満員の電車やバス通勤からの解放、ストレスの軽減や移動時間の削減など、特に家庭おいて育児や幼稚園への送り迎え、家族の介護などを抱えている社員には、これらの軽減につながり生産性向上などのメリットが挙げられた。

他方、仕事の効率化が期待されたほど進まないという意見もあった。仕事のON/OFFの切り替えがむずかしい、長時間労働になりやすい、上司の見えない目が気になるなど、心の不安などである。特に自宅でテレワークの場合は環境に適した場所（書斎）の確保がむずかしいことや、小さい子のいる家庭では仕事モードに入りづらいという声も聞こえてきた。

政府が四月から五月に緊急事態宣言を発令中に民間企業の社員の六一パーセントがテレワークを実施しなかったという調査結果を人材大手アデコが八月二十日発表した（産経新聞八月二十一日朝刊）。当社においても、二回に分けて実施したテレワークも、その後感染者数が増加したにもかかわらず、元に戻り、みなさん出社している。ただ、取引業者や事業者との打ち合わせなど、パソコン画面を使った会議も増え、移動時間の削減など一定の効果はあったように思う。

すべてのしくみにはメリットとデメリットがある。日本人の働き方はいまなお対面を重んじているから、これを変革するにはなお多くの時間を要するであろう。

（2）在宅勤務

新型コロナウイルスの感染予防対策として、当初あれほど脚光を浴びた在宅勤務が今（秋）では、すっかり下火になった。一過性の移り気ならとても寂しいかぎりである。感染の勢いが沈静化したからというのであれば以前の労働形態に戻っただけだといえる。しかし、感染は依然として猛威をふるい、むしろ高い水準を維持したままである。

当初、在宅勤務はそのメリット（満員電車やバス通勤からの解放、ストレス軽減や移動時間の削減、これによる生活の質の向上や生産性の向上など）が強調され、多くの企業が飛びついた。また、都をはじめ行政も積極的に勧めた。政府の働き方改革にも呼応する労働形態であるとまで言われた。したがって、本来ならば感染者数に関係なく継続するのが合理的な選択なはずである。ところが、近頃はそのデメリット（仕事のON/OFFが切り替えづらい、長時間労働になりやすいなど）も聞かれるようになった。当社の経験から推理するに、テレワークが定着するためにはそれなりのルールが必要であり、それが守られる企業風土でなければならない。単なる思いつきでは継続しない。

当社においては、早い段階で「テレワーク実施の際の心得」が出された。在宅勤務の対象者とするかどうかは部門長の判断に委ね（在宅勤務規程第三条「適用対象者」①在宅勤務に適した業務に従事している者、②勤務態度が良好な者、③業務管理能力に優れている者）、勤務懈怠に陥るような人材は対象から外された。さらに、以下の運用要件が追加された。

(1)各部門および作業所において、在宅勤務者は部員の五〇パーセントまでとする。但し、必要がある場合は総務への届け出により五〇パーセントを超えて在宅勤務をできるものとする。

これにより会社に誰もいない状態は避け、出社組との平仄をとった。

(2)在宅勤務中はTeamsを常時起動し、部門長は部員の状況を確認できるようにする。

(3)始業時と終業時は必ず部門長に報告する。

これらの要件のうち(2)、(3)は実際在宅してみると結構な負担になったという。さらに当初在宅勤務を強く希望した者も、しばらくすると不安になってきた。人間関係の煩わしさから解放されたいと思っていてもいざ在宅することで相手が見えない、ウェブ会議では臨場感に乏しく言いたいことが正確に伝わらない、出社組がどんな評価をしているのか気になる、怠けていると見られていないかなど、必要以上に孤独感に苛まれた。人はまことに憂いる者で、自由を与えるとそれが孤独感につながり一層不自由となる。結局、わずか二回(延べ二週間)でテレワーク(在宅勤務)は敬遠された。今なにごともなかったように皆、八時前後には出社しているから面白い。

(3) ワーケーション

新型コロナウイルス禍は、「働き方」に社会変革をもたらした。「すべてものにはその存在価値がある」という観点に立てば、自然科学的価値を見出すには至っていないが、社会的価値においては人間の行動を規制するという変革をもたらした。

政府が標榜する「働き方改革」と偶然にも呼応する、という皮肉な結果になっているが、命を削るのが嫌ならば否応なしに改革に取り組まなければならないというところが人間思案で対処しようとする問題と異なるところである。

会社に人が集まって仕事をする、というこれまでの働き方が変ろうとしている。「テレワーク」は今年の流行語になりそうな勢いである。企業はその規模や職場環境の程度に関わらず導入を迫られている。政府の緊急事態宣言後にテレワークを利用した企業を対象にその生産性について調査した結果がいくつか発表されている。そのうちの一つは一割弱が「上がった」、二割弱が「普段と変わらない」六割以上が生産性が「下がった」と回答している。

その後、コロナウイルスへの対処の仕方(間合いの取り方)を習得したのか、中小企業におけるテレワークの利用は減少傾向にある。日本的労務管理のもとで上司や同僚の目(評価)が気になると自宅では落ち着いて仕事はできないのが本音であろう。そうした状況にあって政府はさらにそれの発展型としてワーケーションの普及推進に取り組む考えを示した。

ワーケーションとは、仕事を意味する英語の「WORK」と休暇を意味する「VACATION」を組み合わせた造語である。「自然豊かな観光地に滞在しながら、パソコンやタブレット端末、テレビ会議システムなどを活用して仕事をする。欧州に比べて労働時間の長い働き手の休みを確保することを目的に二〇〇〇年代に米国で生まれたとされる」(産経新聞二〇二〇年八月二十日、経済本部長・藤原章裕)。これは在宅勤務やレンタルオフィスでのテレワークとは区別されている。豊かな自然環境や落ち着いた雰囲気の中で働くことで創造性や生産性が高まり、有給休暇の取得率も高まり、滞留した地元・地域の消費増にもつながると期待されているからである。

早速、これを受けてNTTデータ経営研究所とJTB、日本航空は七月下旬に実証実験した成果を公表した。実験は六月下旬に沖縄県のリゾートホテルで実施。男女十八人が二泊三日で滞在し、一日を勤務日(WiFi環境が整えられた共用執務エリア)、二日を休暇日とした。その結果は「仕事のパフォーマンスを約二割(二〇・七パーセント)向上させ、仕事のストレスを約四割(三七・三パーセント)減らした」というものである。しかし、十月三十日、日本航空が令和三年三月期業績予想を赤字二千七百億円と発表したことは大いなる皮肉である。勤務時間の認定、交通費の負担増、設備投資の必要性など課題は多く、中小企業には無理である。

(4) 受刑者の活用

受刑者とは、刑事施設の被収容者のうち自由刑すなわち懲役刑、禁固刑、又は拘留系の執行のため刑事施設に拘置されている者をいう(Wikipedia)。現在、刑事施設の収容者は令和元年(二〇一九年)末時点で四万八四二九人である。うち六十歳以上の割合は約二〇パーセントを占めている。

現在わが国は、少子高齢化にともない生産人口が減少の一途をたどっている。建設業はじめ製造業に慢性的人手不足が生じており、その補充策に苦慮している。一方、今年は新型コロナウイルス感染が終息しないことから、飲食業や旅行業など中小企業を中心に経営不振に陥っている企業が多く、二〇二〇年十二月八日現在でおよそ七万五千人が失業に追いやられている。

こうした労働需給のアンバランスの中で、私は、人材不足の業界において受刑者を活用できないか考えている。これには出所後の社会復帰(自立)を円滑に行えるようにする目的のほかに再犯を防止する狙いがある。また、贖罪意識が強い受刑者には、その名誉回復のためにも、できるだけ早期に社会と接点をもつのがよいと考えるからである。もちろん、その前提には被害者感情への配慮が必要であるし、国民(とりわけ刑事施設のある地区の住民)の理解と協力がなければ成立しない施策である。

そこで私は、第一段階として、災害ボランティアとしての活用を勧める。

災害の多い日本は、毎年のようにどこかで大雨、洪水、河川の氾濫や土砂崩れなどが発生し犠牲者を出している。そのたびに住民は不自由な(避難)生活を強いられる。各地から災害ボランティアがかけつけ汚れた家財の搬出や後片付けを手伝う。さらに災害規模が大きい場合には、自衛隊が派遣され救助にあたるケースも増えてきた。人命の救助・生活支援は、「改善更生の意欲の喚起」につながるし、「人の心の悲しみを自分のからだの痛みのごとく感じる心」、すなわち人の「情」を覚醒させるからである。現行法上、刑事施設から出所させることは制約があると思うが、緊急避難的に対応してもよいのではないかと思う。

第二段階は、高齢者の老後・介護施設に介護補助者・用務係としての短期就労を勧める。

刑務作業は、木工・金工・紙工・縫製などの生産作業から洗濯・炊事・水道・電気など多岐にわたる。自治体の施設に介護補助者として入ることは、弱者へ寄り添うことで改悛の情を強めることが期待できるし、技術・技能を発揮することでお年寄りから称賛され、社会復帰への自信にもつながるからである。

最後は、人材不足が懸念される民間企業への長期（刑期満了まで）就労を勧める。

態度優良な受刑者には、刑期終了までの期間、ドイツの通勤刑務所のような開放型の処遇も視野に入れて、民間企業に委託し、職を通して出所後の社会復帰を確かなものにする。

（5） 外国人労働者の受入れ Ⅰ

政府は、経済社会の活性化の観点から、高度の専門的知識又は技術を有する外国人の就業を積極的に促進している。たしかに日本の企業が競争力を高めていくには優秀な外国人をわが国に積極的に呼び込むことは重要である。実際、中小建設企業の経営者にとっては、低賃金で労働意欲の高いアジア圏の若者の獲得はメリットが大きい。しかし、単に少子・高齢化に伴う労働力不足を補うための対応として受け入れることにはにわかに賛成できない。国内の労働市場に与える影響を考慮すると、日本人の雇用の機会を奪いかねないし労働条件の低下も懸念されるからである。また、文化の違いや生活習慣の違いから生まれる軋轢など国民生活に与える影響も懸念される。やはりこの問題はセンシティブな要素を含んでいるだけに国民のコンセンサスにも十分に配慮して対応することが重要である。

　当社が会員となっている東京建設業協会は未だ統一的見解には至っていないようであるが、人手不足が建設産業全体の生産性に及ぼす負の影響に配慮して、どちらかと言えば好意的に思える。また、各建設企業の受け止めも経営者のポリシーによって二分している。

　最近は外国人労働者専門の紹介会社も増えて日常的に紹介の電話が入る。当社においても見解は分かれている。当社の下請企業の中には外国人労働者を複数人雇用している企業もあるが、当社が直接雇用したことは過去にないし、現在及び近い将来、雇用の予定はない。地区の建設企業をみても、外国人労働者を雇用している企業はまだ少数である。先入観が邪魔をしているのかもしれないが、言語の壁、文化や習慣の違いは思った以上に採用障壁になっているように思う。

　一方、人材を送り出す各国の対応も千差万別である。労働者の質的向上をめざして、日本語教育、技術の習得など政府が先頭に立って〝送り出し前教育〟に取り組んでいる国もあれば支援体制の弱い国もある。親日的な国ほど事前教育に力を入れている印象を受ける。

　私の一番の危惧は、将来における民族問題・紛争の発生である。国土交通省は、外国人労働者の受入れに係る課題として、①入国前の外国人材の事前教育・訓練水準のばらつき、②他国との人材獲得競争により、日本で就労する魅力が相対的に低下し、来日する外国人材の質の低下、③帰国後、「日本式」施工を習得した外国人材の散逸、を課題として挙げているが、それ以上に憂慮すべきことは、二十年先、三十年先、あるいは百年先のわが国の国籍別構成比率の変化に伴う民族問題や民族間紛争の発生の危険性である。

結論は、少子高齢化に伴う労働力不足はＡＩ（人工知能）や作業ロボット等の活用による生産性の向上によって解消すべきではないかと考えている。

（6）外国人労働者の受入れ　Ⅱ

「わが国は単一民族から成る国家で周囲を海に囲まれているから他国からの侵略を受けることなく安寧秩序が保たれてきた」という見解がある。厳密には単一民族国家ではないし、他国からの侵略の危機にも直面してきたが、概ね、国家を二分する民族問題や民族紛争は発生していない。それは他民族に属する人口比がきわめて少数ということ、融和政策が強要されたとはいえ生活水準の向上により大きく寄与した点が受容されたからである。

しかし、この民族の人口比率が大きく変化するといずれ民族独立運動やあるいは民族自立を求める各種の運動・要望が生まれ、これまでの国家統治の仕方では収拾できない事態に発展することが予測される。その端緒は一地方の民族間人口比率の変化から容易に想像できる。現に、ある地方・

地域の人口の十数パーセントはA国人であるとか、九州のある公立小学校の生徒の大半はB国人であるとか、また、北海道の原野の大半がC国人に買収されているとか、そうした将来の民族紛争の萌芽はすでに潜在している。仮に外国人労働者の一人ひとりは良心的で勤勉にしてわが国の生活慣習に溶け込んでいるとしても、集団となったときの振る舞いはまた別であると認識すべきであろう。

「外国人労働者は永住することを考えず、職のために来日する人であるから、技能実習生は期限が到来すれば本国に帰国する」と思われがちである。しかし、わが国で生活を始めると当初の計画どおりには行かなくなるのが現実であろう。最長五年間という年月は短いようで長くもある。技能労働者の家族には在留許可は下りないから家族と一緒に日本で暮らすことはできないし、日本の永住資格を取得するには十年が必要なので外国人技能実習生は日本政府の定義で言えば移民(日本政府は明確な定義を持たないが、一般的に当初から永住・日本国籍取得を前提として新たに来日する外国人を指す。日本国籍を持たずに永住している人は含まない。数年間の出稼ぎ目的で就労滞在する人は「外国人労働者」として使い分けている)に当たらず、日本には永住できないことになる。

しかし、本国にいる家族や恋人が日本に短期ビザで技能実習生の就労中に来日することはありうる。仮にその間に結婚して子供が生まれるかもしれない。なんらかの理由でそのまま日本に滞留することになると問題はやっかいである。子供が就学年齢になった場合にどうするのか、絶対的に強制送還できるのか、日本語しか話せない子供を家族ともども強制送還するといえば、世間には「それは人道的でない」と反対する支持者が必ず現れる。

世界とりわけヨーロッパの趨勢は国内の騒動を契機に移民の受け入れを抑制する方向に動きつつある。将来に禍根を残さないためにも、わが国も同様でありたいと願う。

(7) 高齢者の雇用機会

高齢者雇用の現状をみると、二〇一二年に高年齢者雇用安定法が改正され、企業は、希望者全員を対象に六十五歳までの雇用機会を確保することが義務づけられた。厚生労働省の「高年齢者の雇用状況」によれば、二〇一七年には、この措置を講じている企業の割合は九九・七パーセントでほぼ一〇〇パーセントに近い数字になっており、制度の見直しは一見成功したように見える。ただ、六十五歳までの雇用確保措置を講じているとしても、就業規則で定年を六十歳とする企業は八割を占めており、定年後は一年ごとに契約更新をして六十五歳まで継続雇用しているのが現状である。当社においても六十歳定年の枠は堅持し、六十五歳までの継続雇用にはいくつかの条件を満たしていることが求められている。①過去一年間の出勤率が八〇パーセント以上である、②無断欠勤がない、③懲戒処分を受けていない、④勤務に支障なく健康である、の四条件である。今、建設業界は慢性的な技術者不足に悩まされているが、安易に継続雇用はしないというのが基本的スタンスである。これらの要件を厳格に適用するか緩和して解釈するかは時の経済状況や企業の財務状況にも左右される。スクリーンニングで残るも退社するも運命である。当社は比較的恵まれている方で、令和二年(二〇二〇)十月一日現在、グループ三社一四五名のうち、六十歳以上は三十九名(二六・八パーセント)、六十五歳以上は十一名(七・五パーセント)である。五十五歳まで下げると五十七名(三八・三パーセント)となり、企業全体がすでに高年齢集団(単純平均年齢四十六・六歳)から構成されている。会社設立六十周年を迎えた今年、長期会社継続の主因の一つは、これらの高年齢者に支えられてきたということかもしれない。しかし、こうした例は少数ではないかと思料する。多くの中小企業は必ずしも好業績ではないし、とりわけ新型コロナウイルス禍の今年は雇用の雇止めなど不本意な対応を迫られている企業も多いはずである。

ここに至って、令和三年四月一日から高年齢者雇用安定法や雇用保険法等の一部が改正施行される。簡単にいえば国が多様な選択肢を法制度上整えるから、企業も就業確保のための努力義務として、七十歳まで働かせよというものである。

人生百年時代が標榜されている。それにしても七十歳到達以後三十年はあまりにも長すぎる。私は、就業機会を民間企業に義務づけることよりも、国策として国家が六十五歳以上で希望者を国防要員として現在の公務員とは別に採用し雇用することを提案したい。今日の六十五歳は体力的にも比較的頑強である。国防といっても戦争を前提として自衛隊の予備役を募るというのではない。消防、警察、建設土木など、国家のインフラ整備要員として採用する。災害派遣要員としても活躍する。月額報酬も数万円とし、厚生年金を補完する程度に抑える。個々の家庭も主が不在で健康とあれば家庭内は平和となり一石二鳥である。

（8） 国防ボランティア

「ボランティア」という言葉がわが国の法律に明記されたのは、平成七年（一九九五）十二月の改正災害対策基本法が初めてである。同年一月十七日に発生した阪神・淡路大震災では、全国から延べ一三七万人余のボランティアが駆け付けたことから、それまでの「防災基本計画」の見直しを迫られたという背景がある。

「ボランティア」という言葉には、「無償の善行」のイメージがあり聞こえはよいが、初期のボランティア活動、とりわけ災害ボランティアでは、避難所において多くの避難者から感謝された一方、土足で他人の家に上がり込むような社会マナーの欠如から被災者との間でトラブルに至る事例も多く見られた。また、ボランティア団体同士の主導権争いや地元の社会福祉協議会や青年会議所との深刻な対立など、多くの課題を残した。こうした反省を踏まえて、最近は、県市町村が、災害時（あるいは平常時においても）災害ボランティアセンターを設置して人や物資を整理してボランティア活動を効率よく行えるよう対応している。

今日、災害ボランティア活動は、過去の苦い経験を活かして成功に至るケースが増えてきている。私は、このノウハウを国防ボランティア活動に活かせないかと考えている。「国防ボランティア」と聞くだけで、先の大戦をイメージし、すぐに軍国と結びつける方がいらっしゃると思うが、私の提案は、本来、国民の幸福は、領土があってはじめて成立するものであるから、せめて、自国の領土、それも四方を海に囲まれている日本の領土の海岸線をパトロールするボランティアである。その任務は、海岸線に不審者や不審物がないか、毎日、監視パトロールするものである。警察や消防の監視能力には限界があり、それを補うボランティアである。それは平和時こそ大きな意味を有し、重要な国民の役割であると考える。

　実際に国防ボランティアを募ったら果たして応募者はいるかと心配する向きも多いと思うが、私は、六十五歳以上の男性で企業を退職して時間を持て余している人が適任ではないかと思っている。国防意識が比較的高く、日本の将来を憂い、なにか日本のために具体的な貢献活動をしたいと思っている人に「海岸線の安全を担う」という目標を与えたら責任をもって任務を遂行するだろう。「平和は自らの手で築く」気概を見せてくれるであろう。

　六十五歳以上の男性は、厚生年金受給者として、最低限の生活は保証されているから、日々の生活に窮するとは思えないが、若干の日当（一日三千円程度）を支給するぐらいは行政が配慮すればよい。ボランティアは事前登録制にして、知事が最高責任者となって警察、消防と連携しながら推進するのが効果的であろう。

（9）企業戦士

私は、三年前から一カ月半に一度の割合で会社の近くの糖尿内科クリニックに通っている。私と同世代のベテランの女性看護師さんは愛嬌よく、行くとすぐ血糖値を計ってくれる。今回は土曜日の午前に予約を入れたこともあり、血液を採取しながら「原田さんは土曜日も朝からお仕事ですか？ 企業戦士ですね」という。私が笑って頷くと、「私も企業戦士の時代を体験しているから、あれからずーと貧乏暇なし」とニコニコしている。

「企業戦士」という懐かしい言葉を何年ぶりに聞いたことだろうか。今ではすっかり死語となってしまったこの言葉は、昭和四十年代中頃から昭和五十年代にかけて流行った言葉で、企業のために粉骨砕身で働くサラリーマンに対する総称である。折しも昭和四十四年（一九六九）、丸善石油（現・コスモス石油）が放ったCM、小川ローザの「Oh! モーレツ」が一大ブームとなり、これにちなんで「モーレツ社員」などと呼ばれた。私が上京した昭和四十三年頃、街中をスーツに身を包み黒の鞄を下げて颯爽と歩くサラリーマンの姿は戦士であった。

企業戦士は、私生活を省みず会社や仕事に人生をささげる勢いで仕事をした。敗戦後、日本は奇跡的な経済成長を遂げるのであるが、その担い手が企業戦士である。企業との一体感、企業への帰属意識は今日とは比べものにならないほどに高かった。残業すること、帰宅が深夜におよぶこと、休日出勤も厭わないこと、そして、日本を先進国並みにする、その主導的役割を担っているという意識が強かった。背景には日本独特の終身雇用制度と年功序列制度があり、男は外で働き女は家庭を守るという価値観が定着していた。

今、その価値観が見直されようとしている。すでに若者は「企業戦士」も「モーレツ社員」の言葉も知らないし、知っていても再現は望まない。限りある人生を自分らしく生きたい！　育児や介護、趣味や学習、休養、地域活動、遊びを充実させ心豊かに過ごしたい。企業だけに捧げるのはつまらない。仕事そのものをしたくない、と考える人も増えつつある。

平成二十九年(二〇一七)三月、政府は「働き方改革推進会議」によって、処遇改善・労働生産性向上・長時間労働の是正、柔軟な働き方の環境整備、多様な人材の活躍に関する九つの分野に言及した「働き方改革実行計画」をまとめ、同年四月には「働き方改革関連法案」の一部が施行された。かつての企業戦士は高齢になり、肉体的にも精神的にも生産年齢から離れつつある。ワーク・ライフ・バランス(仕事と生活の調和)の世相の中でかつての「企業戦士」「モーレツ社員」は過去の象徴と化した。しかし今、装いを変えて新たな「企業戦士」が悪労働条件・労働待遇の下で望まざる「モーレツ社員」として生まれ変わるのではないか危惧している。

(10)　人事考課と人材育成

中小建設企業の多くは、少ない人材のなかで、個のパワーアップ、少数精鋭主義、多能工化をめざす。人材の獲得は容易でなく、とりわけ新卒理工系の学生の採用は狭き門である。中小建設企業の魅力をどのようにプレゼンし大手・中堅建設企業との差別化を図るか、創意工夫を凝らす。ようやく採用にこぎつけても安心はできない。定着し自社の戦力になるまでには長期間目が離せず、一緒になってスキルアップする態勢が求められる。そうした中で、「人事考課」と「人材育成」について考える。

人事考課は、本来社員間に差をつけるために実施するのが目的ではなく、部門長あるいは企業が期待する目標に到達するための努力や可能性を評価すべきものである。したがって、企業に役立つ人事考課は、日常の管理活動に支えられたもので、企業独自の具体的なニーズに基づいた評価基準であることが望ましい。

人事考課は、職務との関係のもとに、性格・適性（知識、技術、技能等）、将来性（成長度、努力等）や成果（業績貢献度、業務態度等）を一定の基準に照らして評価することによって、適材適所、異動、教育、能力開発、昇給、賞与、昇格に反映させるのがその目的である。昇給や賞与に差をつけることは、付随する結果であって主たる目的ではない。部門長の役割は、部下に「期待する姿」を明示して、各人の能力を引き出し発揮させ、部門の総合力を高める、そして、企業の業績向上に結びつける。それが人事考課のねらいである。

人材の育成は、一朝一夕に成るものでなく、長期にわたる教育計画の下で、その目的を明確にして行われなければならない。同業他社がやっているから、自社もそれに倣うやり方は、ニーズに沿ったものとはいえないから長続きしないおそれがある。つまり、こうありたい、こうあってほしいという期待像や基準に照らして、自社の現状はどうか、具体的には社員一人ひとりの力量を確認して必要度を決めなければならない。そして、もっとも大事なことは、教育のやりっ放しではなく、この効果を何らかの形で把握することで、次に活かす手立てを準備しておくことである。

当社の例では、建築部では、一人前の建築技術者に仕立てるまでの教育十年計画がある。新規学卒者が入社後八年から十年で一つのプロジェクトを任されるまでに建築技術と施工管理を習得できる教育プログラムである。入社以来のキャリアは建築部長の下で管理され、本人の能力・属性に合わせて配置し、当社が求める力量ある建築技術者に育成する内容になっている。二十年前までは平均二十八歳前後で一人前として現場作業所を張ったものであるが、今日では三十歳代前半と準備期間が長くなっている。その背景には、人手不足が、部下の教育・育成まで手が回らないという憂いる現実がある。

(11) 適材適所

ここでは「適材適所」について考える。

企業は、多様な能力を備えた人材から成り立っている。経営者は、社員の能力資質に配慮しながら最大限活かせるよう人事配置をしなければならない。適所に適材が配置されれば、働く意欲が湧き、企業の業績に貢献することが期待できるからである。人事管理の要諦は、採用から配置、研修、昇進昇格にいたるまで基本的には適材適所が望ましい。

社歴が長い企業は、創業時からの組織図が残っていれば、一度、現在の組織図と比較してみると面白い。その時々の経営者が目指していた事業展開の方向性がわかり、どの部門に力点を置き、どのような人材を求めていたかがわかる。

また、人事考課の仕方についても過去と現在を比較してみると、どのような能力資質を社員に求めていたか知ることができる。組織のライフサイクルとも関連するが、発展期にある企業は、加点主義の人事考課が適合するであろうし、成熟期に入ると減点主義が相応しいかもしれない。

能力にあった人事配置をする場合に注意することの一つに、その者の業績を重視するのかそれとも潜在能力を重視するのか、これも企業の経営管理の重点の置きどころによって異なってくる。挑戦的な事業展開を目指す場合には、既成概念に囚われない潜在能力を有する者を配置させることが成果を生み出すかもしれない。企業の中には、適材適所を探るために定期的に自己申告（希望部署）を行う企業もある。社員自身の意思を尊重しながら、希望する部署と企業の配属計画がマッチングすればモチベーションは上がり組織の活性化が期待できるからである。

通常、企業の規模が大きくなるにつれて、経営者と社員との接点は少なくなっていく。社員の声を直接聞くことができ、経営者も自身の思いを伝えることのできる一つの方法として社長による個人面談は有効である。定期的（例えば三年毎）に実施すると効果的である。

当社の例をみても、かつて建築技術者として現場第一線で活躍していた一級建築士の資格を有する作業所代理人を営業部に異動したところ、めきめきと営業力を発揮し、現在では当社の受注高の大半に貢献している社員（後に専務取締役に就任）もいる。まさに社員であるが起業家としての一面を見せつける活躍である。

こうした成功例は少ないかもしれない。いまある部署に職場不適応を起こし、そのストレスから解放するために異動を行う例が近年増えてきたからである。意志あれば困難を超克できるのであるが、恵まれた環境に長くいるとその力も自然と削がれるのであろう。

（12）　外務大臣適格要件

日本の外務大臣が対中国に対して弱腰だったと非難されている。この発端は、十一月二十四日に日本を訪れた中国の王毅外相が、日中外相会談後の共同記者発表で沖縄県の尖閣諸島の領有権を主張したのに対し、二十六日の自民党外交部会で「茂木外相がその場で反論すべきだった」などの指摘が相次いだことによる。

これに対して、茂木大臣は「尖閣諸島は歴史的にも国際法上も疑いなく、わが国固有の領土であり、解決すべき領有権の問題はそもそも存在しない」と中国側の対応へ強い懸念を伝えたと強調した。

日本外交が弱腰なのは広報戦略に弱さがあることは事実である。別の項で述べたがイギリス・ロンドンで観光バスの車体に「独鈷は韓国の領土である」という広告がされているのである。アジアの歴史に疎いイギリス人にとってはそれが真実だと簡単に受け入れられてもなんら不思議でない。端的に言えばロビー活動が下手ということだ。国家予算をたっぷりつけて世界に向けたプレゼンテーションが必要である。そこで、私は、現下の世界情勢に照らしたときに日本の外務大臣には以下の適格要件が必要だと考えている。

（1）英語を自由に操れる人（バイリンガル、できればネイティブに話せる人）

通訳抜きに丁々発止できるくらいでないと世界に日本の立場を十分に発信できない。その点、茂木敏充外務大臣は、東大からハーバード大学へ進み『GETTING TO YES』でネゴシエーション（交渉）を学んだようだから安心ではあるが、穏便に済ませることに主眼をおけば、覚悟をもって主張すべき場合（領土主権の主張）には役不足である。

（2）性格的に曲玉を投げられる人で五十代の後半から六十代前半の女性

世界に向かって日本の立場を強烈に主張するには、日本のために覚悟を持って臨める人がいい。言動がストレートで、ときには物議をかもすぐらいがちょうどよい。日本の外交が甘く見られて与しやすいと思われているのはあまりにも全方位外交を旨とするからである。また、主要国の報道官に女性が起用されるケースが増えていることから、わが国もその潮流に乗ってみるのも一興である。女性が外交の主導権（戦争・紛争のない平和な世界国家の建設に向けて）を握ることで国際紛争は減少するのではないだろうか。

私見では、（1）（2）の要件満たす人は、コロンビア大学政治学部、ニューヨーク大学の博士課程を出た自民党の佐藤ゆかりではないかと思っている。中国にも韓国にはズバズバと物言いするのではないかと期待しているのだが、どうだろうか。

（13） 天才

世の中に天才といわれるヒトがいる。天才とエリートはどう違うのか明確な基準はないが、例えば、アインシュタインはどちらに属するかと問えば、天才というのが世界の常識であろう。エリート養成のための選抜制度にはフランスのバカロレアやドイツのギムナジウムなどが有名であるし、教育機関（有名大学）となれば、イギリスのオックスフォード大学やケンブリッジ大学、フランスのパリ大学やフランス国立行政学院、ドイツのハイデルベルク大学、アメリカのアイビー・リーグ（ハーバード大学など）が有名である。

これらの有名大学を卒業すれば、世間ではエリートとみなされる。わが国では東京大学や京都大学、旧帝大などの卒業生が該当するであろう。東京大学に限ってみても毎年三千人余のエリートを輩出していることになる。

これに対して、天才はいつ出現するか誰にもわからない。私の基準は、「エリート」は規制の枠内で最高のパフォーマンス（学業成績など）を発揮しその成果を評価されている人、「天才」は、既成の枠をはるかに超えた能力者で特定の分野においてその功績が顕著な人、である。エリートは毎年一定数輩出されるが、天才の出現は不確実である。エリート中のエリートはかぎりなく天才に近いが、多くは「傑出したエリート」に分類されてその生涯を終える。「幼少期に神童といわれた人でも成人すればただの人」になる人も多い。神が地上に降ろした創造物が「天才」で、人間が制度設計の下で人工的に作り上げたのが「エリート」ということであろうか。

最近のわが国における「天才」を二人挙げてみた。独断なので異論は承知の上である。

第一に、藤井聡太棋士である。令和二年七月に棋聖戦を制し、十七歳十一カ月で初タイトルを獲得、八月には王位戦を制し、十八歳一カ月でタイトル二冠の達成と八段への昇段を果たした。いずれも史上最年少の快挙である。最年少の二冠達成は二十八年ぶり、八段昇段は六十二年ぶりの記録更新となった。羽生善治を超える棋士はいないと思っていたが、あっという間の世代交代である。何百手先を読めるのであろうか。あの縹渺とした顔で。

第二に、建築家の安藤忠雄である。工業高等学校卒の建築家で、その豊かな発想に基づくデザインと造形美は、大学の建築科で学ぶようなレベルをはるかに超えた創造性と想像力に負うものであり、著名は賞を数多く受賞している。日本建築学会賞作品賞（一九七九年）を皮切りに、ジョン・Ｆ・ケネディセンター芸術金賞（二〇一〇年）など世界にその名を知らしめている。東大工学部建築学科教授に就任（一九九七年）して、天下の（エリート）東大生を前に授業する姿を想像するだけで快哉である。「神の創造物に敵う者はなし」である。

(14) エリート養成

世の中にはエリートと呼ばれる人々がいる。エリートとは、社会の中で優秀とされる人やその集団をいい、わが国では「選良」「精鋭」などと呼ばれることがある。彼らは、それぞれの領域で政策決定の権限を独占しながら、各方面で利益を共有する利益共同体であり、「パワーエリート」である。ライト・ミルズは、エリートを政治エリート、経済エリート、軍事エリートに分類している。政治エリートは国家を指導する政府と行政機関を構成する人々を、経済エリートは経済やビジネスの分野で十分な教育と経験を積んだ人々、軍事エリートは国家の対外的防衛組織において意思決定を主導する人々である。いずれも少数の極めて優秀な人々であり、国家の命運を左右するパワーの持ち主である。これまで世界の多くの国々は、それぞれの国のエリートによって牽引されてきた。

各国は、独自の選抜方式およびエリート養成機関（あるいは名門大学）を有している。例えば、フランスでは、バカロレア合格後のパリ大学やモンペリエ大学、フランス国立行政学院（ＥＮＡ）など。イギリスでは、オックスフォード大学およびケンブリッジ大学、ロンドン・スクール・オブ・エコノミクス、ロイヤル・カレッジ・オブ・アートなど。ドイツでは、ギムナジウム修了→アビトゥーア合格後のハイデルベルク大学、フンボルト大学、ベルリン自由大学、ミュンヘン工科大学など。アメリカでは、いわゆるアイビー・リーグ（ハーバード大学、コロンビア大学、プリンストン大学など八つの私立大学）が政財界・学会・法曹界をリードする卒業生を数多く輩出している。

これに対して、わが国ではどうか。明治期以降、東京帝国大学（→旧制高等学校→旧制中学校）が主流となり、現在でも、政財界、学会、法曹界、一流民間企業幹部などは、東京大学などのいわゆる一流大学卒業生で占められている。この構図は、それまでの家柄という自然的出生ではなくどのような学歴を取得したかという社会的出生によってエリート層を能力主義化したことに意義があった。戦後の高度経済成長もこれらエリートによるところ大である。

しかし、近年、エリートに対する風当たりが強い。大衆の立場から、ポピュリズムや平等主義を重視して「エリート」そのものの特権を許さない風潮がある。東大生の官僚離れも進んでいる。さらに、エリートであることを秘匿するのが美徳だと勘違いする向きもいる。これはむしろ学歴に見え隠れする驕りである。「受験優等生」による危機管理のなさは、国民無視につながり、無責任な官僚を輩出している。国は、国民の負託に応えうる有為な人材としてのエリートの養成に、堂々と、明言して取り組んでほしい。

（15）芽を摘まれた若きエリートたち

「わが国産業の発展を期して科学技術教育をより一層振興するために」、昭和三十六年六月第三十八回国会において学校教育法の一部が改正され、昭和三十七年度より高等専門学校が創設された。いわゆる「高専」の誕生である。

敗戦から十数年が経過し経済復興の兆しの中、産業界からは理工系学生の増員の要望が強まっていた。

昭和三十九年、私は中学三年生で、その十月には東京オリンピックが開催された。すでに高専の評判は高く、将来技術者を志望する者には「深く専門の学芸を教授し職業に必要な能力を育成する」高専は魅力的で、「豊かな教養と専門の工学を身につけた有為な技術者になる」という夢が実現可能なものとして受け入れられたのである。

当時は、地方では高校進学だけでも恵まれた方で大学進学率はせいぜい二〇パーセントにも満たなかった。そうした環境にあって高専は普通高校やその他の職業高校（商業や工業や農業）へ進学するよりも教育期間が五年間と長く、卒業すれば有能な中堅技術者として活躍できるということで、地方での人気はきわめて高かった。とりわけ初期の高専の志願倍率は著しく高く十数倍が普通であった。クラスで上位の成績であっても合格することはおぼつかなく、学年トップクラスでも合格するかどうか予見できなかったくらいである。世間も「高専生」というだけで尊敬のまなざしで見ていた。したがって各中学校も高専に何人合格するかを（教師の教育力）競い合う状況にあった。成績がよい生徒は、将来の進路がどうであれ「ためし受験」を勧められたものである。とりわけ、将来工学を目指すという明確な意思を持っている生徒であって、家庭の事情で高校―大学進学コースをあきらめていた優秀な生徒には寒天の慈雨となって、またとない好機到来であった。

高専生の活躍（卒業生は優に三十万人を超え）は、今なお国内のみならずＯＥＣＤをはじめとする海外にまで高く評価されグローバル化が進展している現在においても産業界から高い期待を寄せられている。それはよいのだが、私には、当時の高専生（特に昭和四十年代から五十年代にかけて）の思いを推察する時、その選択が正しかったのか、しこりが残っていないかと思うことがある。国民経済が豊かになると大学進学率は急激に高まり志望者は皆入学可能な時代になった。当時高専に合格できなかった組でその後、東大はじめ名だたる国立大学や有名私立大学に入学した者も多いであろう。成績第二グループが今日学歴社会で上位にあって、第一グループの少数が下位という位置づけは不本意であろう。編入制度などは弥縫策である、国策によって芽を摘まれた若きエリートたちの慟哭が聞こえてくる。

（16）宇宙飛行士

十一月十六日、宇宙飛行士野口聡一さんを乗せた米新型宇宙船クルードラゴンは、十七日無事国際宇宙ステーション（ＩＳＳ）に到着した。これから約半年間、物質の燃焼実験や人工多能性幹細胞（iPS細胞）から立体臓器を作る可能性を探る実験などに挑むことになる。

野口さんの宇宙旅行は約十年ぶり三度目とのこと。宇宙航空研究開発機構（ＪＡＸＡ）の東京事務所と衛星回線をつないで記者会見した野口さんは「宇宙から見る地球の姿はやはりきれいだった」

と語っている。また、「まだ地球が恋しく毎日家に電話している」という。

私はつい最近まで、高度約四百キロに及ぶ宇宙船から地上と簡単に連絡を取り合うことが不思議でならなかった。距離感が宇宙と聞いただけで地上においては遠隔地間の通信が（地球の裏側とも）容易にできるのにその観念がどこかへ行ってしまったのである。地上で四百キロといえば、東京から東海道新幹線で岐阜羽島までの約二時間の距離である。水平距離と垂直距離の把握の仕方が異なっているのであろう。

日本人宇宙飛行士が選抜されてＩＳＳに長期滞在して高度な実験を担うことは日本人として大変名誉なことである。しかし、なぜ日本人宇宙飛行士が中年の男性に集中しているのか疑問に思っている。今回の野口さんが五十五歳、若田光一さん五十七歳、古川聡さん五十六歳、ほか四十歳代はわずかに二名、平均年齢五十一歳は、他国の平均年齢に比べると高い。アメリカの平均年齢は四十九歳、ロシア、ヨーロッパ各国四十五歳、カナダ四十二歳と四十代が平均である。

高度な実験内容を無難に達成するためには安全で安心して任せられる信頼性の高い人物を選抜しようとするのはわかる。ベテランで何度か宇宙飛行体験者が一定のアドバンテージを有するのもわかる。実際、現在の宇宙飛行士は、一般的には自然科学系の大学を卒業して、一定期間の実務経験を有する技術者、科学者、医師などからチームワークやリーダシップの実績、コミュニケーション能力などを有する者から選抜しているようである。

しかし、今後宇宙環境を利用した研究、観測がこれまで以上に期待されることを想うと、今、科学の第一線で活躍している分野の若手にその後進をゆずる環境づくりが喫緊の課題ではないかと思う。それも自然科学系のみならず社会科学系、さらには女性のアストロノートの育成も必要であろう。

来年ＪＡＸＡは十三年ぶりに宇宙飛行士を大募集するという。大いに期待するところであるが、国家戦略、宇宙空間利用の長期的展望からしっかり宇宙飛行士育成予算を確保するとともに、その間の身分保障はもちろん、任務終了後の前職復帰を可能にするなど有能な若者が多数選抜試験に応募できる体制を整えることが重要と考えている。

(17) 生産性向上　ＩＣＴの活用

建設分野で生産性の向上を目的としたＩＣＴ(Information and Communication Technology：情報通信技術)を活用する動きが本格的になってきた。国土交通省が推進する「アイ・コンストラクション：i-Construction」がそれである。熟練建築労働者が高齢化等で不足する建設現場が抱える問題点をＩＣＴの力を借りて克服し、生産性を向上させようとするものである。また、i-Construction は、働き方改革と同じく、既成のテクノロジーや固定観念からの解放をめざすものであり、硬直化した思考に変革を求めるものである。

i-Construction は、調査・測量から設計、施工、検査、維持管理、更新に至るまで、すべての建設プロセスにＩＣＴを活用するものである。そのねらいは、建設や土木工事の現場の作業効率を向上させて省人化を進め、結果として建設現場の生産性を向上させようとするものである。これまで、建設分野では、一品受注生産、現地屋外生産、労働集約型生産という建設現場の特性からＩＣＴ化になじまないとされてきた。

ところが、目前に迫った労働力不足が認識を一変させた。日本全体の生産年齢人口が減少する中、十年後には団塊世代の熟練労働者の大量離職が見込まれる一方、建設産業離れの若者が増え、若手の補充が思うように進まず、その持続可能性が危惧されている。日本建設業連合会のまとめた推計によると、平成三十七年度（二〇二五）には、平成二十六年度（二〇一四）の約六割に減少する。この目前に迫った超労働力不足を克服する方法は、生産性を向上させ、建設産業の魅力を伝え、若者が目を向けるような環境づくりが急務と考えたのである。

さらに i-Construction の推進の背景には、わが国のインターネット等を利用した情報通信技術の著しい進歩と普及率の高さがある。ＡＩ（Artificial Intelligence 人工知能）による分析や各種シミュレーションから最適な方法を選択することが可能であることや、IoT による情報のやり取りをすることでモノのデータ化（近年、設計データなど三次元データの活用が著しい）や自動化等により新たな付加価値を生み出すことが期待されるようになったからである。

国土交通省は、i-Construction の導入によりこれまでより少ない人数、少ない工事日数で同じ工事量を実施するとして建設現場の生産性を平成三十七年度（二〇二五）までに二割向上をめざしている。例えば、土地の測量ではＵＡＶ（ドローン等）による三次元測量、施工ではＩＣＴ建機（作業ロボット等）による施工、検査では計測結果を書類で確認していたものを三次元データをパソコンで確認するなどによる検査日数・書類の削減などである。

(18) 生産性向上　ＩＣＴの深化

国土交通省は、二〇一八年度をi-Constructionの深化の年と位置づけ、積算基準の改定やIoT技術等を活用した書類の簡素化を掲げている。この他にi-Constructionは、以下の副次的効果をもめざしている。

①賃金水準の向上と安定的な仕事量の確保
②建設工事の効率化や施工時期の平準化等による安定した休暇の取得
③重機周りの作業や高所作業の減少等による安全性向上の実現
④女性や高齢者等（多様な人材）の活躍できる社会の実現
⑤若者に希望がもてる（「給与、休暇、希望」）新たな建築現場の実現

翻って、当社の置かれている立場、その取り組みはどうであろうか。中小建設企業に共通していえることは、どれだけの設備投資が必要なのか予測がつかないことである。単独にi-Construction対応の機器[1]やソフト開発ができればよいが多くの中小建設企業にはそれだけの資力も人材もなく不

可能である。今後、測量機器メーカーや建設ＣＡＤ（コンピューターによる設計）ソフト開発ベンダーなど、幅広い分野の企業が参入して、購入可能な価格帯までリーズナブルにならなければ実現は厳しいと考える。競合他社の動向に注視しながら段階的にできるものから導入する手順を踏むことになろう。現在の経営を圧迫してまで導入は控えるからである。

加えて、i-Construction の本格的導入には、機器やソフトを操作できる人材が新たに必要となる。そのための人材の育成、教育も求められる。例えば、ドローン操作検定講習など既に始まっていると聞くが、現時点で、それらを見越しての動きはしていない。

i-Construction の普及、発展には、当社を含めた中小建設企業の取り組みが重要な役割を担うことになろう。その前段として国土交通省と大手・準大手ゼネコンが牽引役となって、このイノベーションが中堅、中小建設企業にまで浸透するような新たな支援制度の制定が待たれるところである。

註

（1）国土交通省が、今後、建設産業において活用が期待される要素技術を例示している。①携帯端末：スマートフォンやタブレット端末等を活用して遠隔地から現場の状況をリアルタイムに確認、②アシストスーツ：技能者等の作業負荷を大幅に軽減、③ウエアラブル端末（眼鏡型・時計型）：現場でのマニュアル・手順書を見ながらの作業の効率化、④センサー類：小型・省電力のセンサーにより建設構造物の劣化状況等の情報を収集し、システムに蓄積、⑤VR：技能労働者の教育訓練に活用、⑥ビッグデータによる分析。

（19）働き方改革　残業時間の上限

働き方改革として、最初に時間外労働規制について俯瞰する。新規制はi-Constructionが副次的にめざす効果のひとつでもある。当社においても人材の確保、熟練労働者の高齢化と相俟って、避けては通れない問題だからである。また、工夫次第では、取り組みが可能で、実現性が比較的高いと考えられるからである。

平成三十年六月二十九日成立（平成三十一年四月一日施行）の改正労働基準法は、政府の「働き方改革実行計画」の中で、残業規制の適用対象外となっている建設業について、施行から五年間の猶予期間を経て、罰則付き上限規制（一般則）を適用することとした。

ただし、災害からの復旧・復興については被災者の生活再建を優先するため、二～六カ月の平均でいずれも八十時間以内（休日出勤を含む）、単月百時間未満（休日出勤を含む）の残業規制を適用しないことにした（法第一三九条一項、二項）。

この改正を受けて、建設業の働き方改革に関する関係省庁連絡会議は平成三十年七月二日に「建設工事における適正な工期設定等のためのガイドライン」の改訂を行っている。

ここでガイドラインの内容の詳細は省略するが、基本的な考え方として、受注者の役割は、「建設工事従事者の長時間労働を前提とした不当に短い工期とならないよう、適正な工期で請負契約を締結」すること、発注者の役割は、「施工条件の明確化を図り、適正な工期で請負契約を締結」するというものである。

これらと並行して、日本建設業連合会は平成二十九年、働き方改革四点セットを策定し、その中で、時間外労働の適正化に向けた自主規制の試行として、平成三十一年（二〇一九）から平成三十三年度（二〇二一）、年九六〇時間以内、平成三十四年（二〇二二）から平成三十五年度（二〇二三）、年八四〇時間以内とすること。「週休二日実現行動計画」試案を策定し、本年度（二〇一八）から試案に沿った活動を本格的に実施し、五年程度で週休二日を定着させる方針である。

さて、これらの試みは将来の建設産業が持続的に成長・発展するためにいずれ通らなければならないもので、望ましいことである。しかし、中小建設企業においてもすんなり受け入れられるかははなはだ疑問である。それは、中小建設企業は受注物件を主導的に選択できないという弱い立場にあるということ、換言すれば、発注者の意向に従わざるをえないという制約があることである。この力関係が歴然としている状況の中で、これらの要求事項が満たされることは容易ではない。当社は令和三年（二〇二一）四月から勤怠管理をより厳格に行うため、パソコンを駆使し出退時刻と残業事前承認を徹底する方向で準備を進めている。これまでの曖昧性管理からの脱却がねらいである。

（20） 働き方改革　週休二日制の実現

新型コロナウイルス禍は、働き方に大きな変革を求め経営者にも社員にも受け入れの覚悟を求めている。しかし、当社はじめ中小企業は企業の存亡と背中合わせにあり、その選択と決断は識者が提言するほど容易なものではない。

当社は、隔週二日土休制度を実施しており第二及び第四土曜日を原則休暇としているが完全週休二日制の実現には至っていない。これを妨げる要因の一つが、適正工期の設定の仕方である。受注を確実にし、発注者から好意的印象を得ようとすれば、発注者の要求する工期を飲まざるを得ない。日々の残業を規制すれば休日出勤をせざるを得ない。そうしたジレンマの中で有給休暇取得奨励日を設け、一つのプロジェクトを終えるとリフレッシュ休暇をまとめて取得するよう奨励しているが実現にはほど遠い。なぜ有給休暇を取得しないかについて社員の声は、①限られた人数で業務を行っているため余裕がない、②休みを取っても担当業務は減らず業務が累積していくだけ、③万が一病気にかかった場合のために残しておきたい、④職場の人間関係や人事考課に影響を与えるためなど、が多い。

建設業の年間総実労働時間は二〇五六時間で、製造業より一〇三時間多い。出勤日数も製造業を十七日上回る二五一日である。すべての工事のうち六五パーセントが四週四休以下、四週八休は一割以下というのが現実である(二〇一六年度)。

私は、週休二日制の実現、年間休日数を増やすためには、日本建設業連合会が提案の「統一土曜閉所運動」(平成三十年四月~)をさらに積極的にアピールすることが効果的だと考えている。そうすることで有給休暇の取得率を高める気運を盛り上げることの方が、ワーク・ライフ・バランス(仕事と生活の調和)の実現に適うものと考えている。

厚生労働省の平成二十七年「就労条件総合調査」によれば、常用労働者三十人以上の民営企業の中から六三〇二企業を抽出し四四三二企業から有効回答を得た結果は、労働者一人平均付与日数は一八・五日で平均取得日数は八・八日でその取得率は四七・三パーセントである。また、年次有給休暇の時間単位取得制度がある企業割合は一一・〇パーセントである。

しかし、この数値には違和感がある。そもそも調査対象を常用労働者三十人以上の民営企業としていることが、わが国の中小企業の実態に即していないきらいがある。なぜなら三十人未満の中小企業が大多数を占めているからである。当社の例でいえば、関連会社を含む約一四〇名から成る企業であるが、労働者一人平均付与日数は三〇・九日、平均取得日数は三・七日でその取得率は一一・八パーセントである(令和元年)。この結果は「就労条件総合調査」の結果とはあまりにもかけ離れている。

(21) 矛盾

矛盾とは、論理の辻褄が合わないこと。中学生の時に国語の授業でこの故事の意味を教わった。「楚の人が、人を突く武器である矛《ほこ》と身を守るための盾《たて》を売っていた。そして、「この盾は頑丈で、どんな武器でも突き通すことができない」と言い、また「この矛は鋭く、どんなものも突き通すことができる」と言った。その時、ある人が「それでは、あなたの矛であなたの盾を突いたらいったいどうなるのか」と尋ねたところ、その人は何も答えることができなかった（故事成語大辞典より）。その頃は納得して、自身の言動に矛盾のないように心に決めたものである。

「矛盾」という言葉は、他人の意見や主張に対して反論する場合や、制度や政策の問題点を指摘したい場合に重宝な言葉である。指摘された他人は一瞬たじろぎ、勢いを削がれることがあるからである。そのうえ、指摘した本人もどこに論理破綻があるか詳細に認識しないまま、単に「矛盾している」と指摘しただけで、主客が転倒して、自身が優位に立つことがあるからである。ただ、便利な言葉ではあるが語感が厳しいため、これをきっかけに感情的な溝が生まれ、関係が悪化する恐れもあるので、それなりの使用上の注意が必要である。

左翼思想の影響を受けた人（学生時代の友人など）の中にはそうした傾向が多く、学生運動の闘士たちは好んで相手側を糾弾するために使用したように記憶している。

昨今、政府に対して（国会答弁）、矛盾を追求して悦に入っている野党政治家の面々に腹立たしさを覚えることがある。通信メディアが多様になったことで、国民の同調効果が広範かつ短時間に期待でき、そのうえ針小棒大に拡散していく。自身は一点の曇りもなく善行しているような印象を与え、為政者を極悪者に仕上げようとするから悪質である。自身の言動の矛盾を棚に上げ相手を言い当てることは、人格の卑しさ、貧しさの表れである。

さて、目を転じれば、職場において矛盾は日常茶飯事である。これにいちいち義憤して目くじらを立てていては仕事にならない。

体験的には、亡き会長に「原田君、○○資料を今週末までにまとめておいてくれないか」と休み明けに命じられ、そのつもりでいると、翌日には「あの資料どうなった？」と早々の督促である。四十年以上の間柄であるから、これも最初から折り込みであるが……。また、昨今の働き方改革として残業時間の削減を提唱する部門長が、退社時刻が連日遅いため、部下はそれに付き合い定時に帰れない、結果、残業時間が少しも減らないという矛盾。人事評価の客観基準を作り賞与等に反映させると公言しても、最後の調整は部門長の主観評価に委ねるという矛盾等々、枚挙にいとまがない。私たちの日常は「ウィズ矛盾」が常態である。

（22）企業三十年説

企業の永続性を測る尺度に「企業三十年説」がある。客観的証拠に裏打ちされているわけではないが、企業が三十年存続できれば、次の三十年も継続する可能性が高いという説である。最初の三十年間は「資産（知的、人的、財的）を創造する世代」[2]であり、そこで資産の創造が図られれば、次世代につながっていくということである。しかし、この尺度も、環境の変化が著しい現代においては、次世代につながる確たる保証にはならない。また、最初の三十年は乗り越えることができたとしても、「三代目問題」は世界共通の悩みでもある。中国の諺に「三代目は先祖の水田に戻って野良仕事」というのがある。このように、企業が永続的に発展を遂げ、次世代に承継されていくことは、これほどに至難の業である。それは、百年以上にわたる巨大長寿企業の場合においても例外ではない。

例えば、米国コダック社の破綻はその一例である。[3] 一八八〇年創業の同社は、写真分野の先駆者であり、一三〇年余の実績を誇る長寿企業である。この間、世界に配信し続けた画像・映像は、二十世紀の歴史的記録の集大成であり、文化的遺産である。しかし、二十一世紀に入ると、デジタル進化の大波は、写真撮影からフィルムを駆逐した。世界で八割の市場占有率を誇った企業でも、源泉となるフィルムが消滅しては存在理由を失う。こうして存在理由《レーゾン・デートル》を失なった企業は、いかに過去に輝かしい実績と栄光を持てども、呆気なく破綻に追い込まれたのである。

こうして見ると、いまは堅固な土台にのっているかに見えても、未来永劫、盤石であり続けることは巨大企業といえども約束されていないのである。経営基盤の脆弱な中小企業にあってはなおさらである。

「祇園精舎の鐘の声　諸行無常の響きあり」

よく知られた一節である。短いが、その教えは底なしに深い。

註

(2) ジェームズ・E・ヒューズ・ジュニア(山田加奈=東あきら共訳)『FAMILY WEALTH』三五頁(文園社、二〇〇七年)。

（3）平成二十四年二月十九日、米映像大手イーストマン・コダックはニューヨーク州の米連邦破産裁判所に連邦破産法十一条の適用を申請した、と発表した。同社は一八八〇年代に創業。写真フィルムで米国を中心に圧倒的なシェアをもっていたが、戦後は富士フイルムなど日本勢にシェアを奪われた。さらに、皮肉なことにコダックの技術者が一九七〇年代に開発したデジタルカメラが普及するにつれ、フィルムの需要が急減。事業転換の遅れが響き、業績が低迷していた。

（23）企業永続性へのこだわり

企業の永続性は、多くの企業経営者にとって、強い希望であり、ときには人生そのものであるかもしれない。一方、取り巻く環境の変化に対応できず、かつてほど企業の永続性にこだわらない経営者も漸増しつつある。後継者不足を理由に廃業を選択したり、後継者がいても、その後継者自身が企業承継に乗り気を示さない事例も多く報告されている。

私は、企業経営者、とりわけ中小企業の経営者が、その永続性（主に親族内承継）にこだわる理由は大きく分けて三つあると考えている。

第一の理由は、きわめて個人的な理由によるもので、経営者個人とその家族の幸福追求である。自己の生活の安定を図り、少しでもよりよい生活を送るためである。会社経営の継続は、自身と家族の生活保障のためであり、引退後の生活基盤の確立を意味する。反面、経営の放棄あるいは中断は、生活基盤の消滅を意味する。

第二の理由は、会社従業員を中心とした家団の幸福追求である。非公開会社たる中小企業の多くは、経営者および親戚縁者など少数の株主と、会社の生産に携わる少数の従業員からなる。そこでは、経営者は、これらの者とその家族を丸抱えにして、いわば運命共同体としての幸せの実現を図ろうとする。なぜなら、これらの者は、企業がさらなる成長を続けていくうえで、経営者の意思をもっとも忠実に汲んでくれる存在だからである。そして、会社の規模が大きくなり、社会的存在として認知されるようになると、世間からも尊敬と称賛を浴びるようになり、この状態（心理的満足感）が末永く続くことを欲するようになる。企業の永続と発展がこの欲求を可能にしてくれるからである。

第三の理由は、マズローの欲求段階説の最上位の段階にある自己実現の欲求を満たすためである。社会的にも認知されるようになると、なにかの形で、自身の功績を世に残したいと思うようになる。自身が生きたことの証を世に示し、それが永久に記録されることを願うようになる。寄付行為、基金の設立、スポーツや事業のスポンサー、若者の人材育成、開発途上国への技術援助、医療支援、難民救済、平和活動等、その内容は多岐にわたる。叙勲制度は、栄誉ある地位を占めたいと思う人間のこの欲求を満足させる最たる褒章制度と言えよう。これらの経営者の思いは、企業が永続してこそ実現できるのである。

最後に、これらの理由を実現しようとすれば、その前提として、世の中が平和で自由な紛争のない民主的な世界であることが望ましい。働く意欲のある者が働く場所を与えられ、雇用が創出維持されている世界である。経営者の永続性へのこだわりは、意識的であれ、無意識的であれ、社会的安定と民主主義国家の形成・維持に貢献していると言えよう。

Ⅲ　人間関係

（1）「はい」は「拝」

普段、私たちは返事をするときに「はい」という。この「はい」は、単に名前を呼ばれたときだけでなく、相手に共感する意味で使ったり、理解、納得、自覚を表現する場合に使ったり、はたまた上司や先輩、年長者の指示や命令などを確認し承諾する時に意思を伝えるために使っている。このように、「はい」は、コミュニケーションを構築するもっとも基本的な表現であって、なかでも、元気のよい「はい」は双方の気持ちを明るくしてくれる。

例えば、人に名前を呼ばれたときに元気よく「はい」と返事ができる人は押しなべて人間関係も良好であり、相手から好感をもたれる人である。他方、同じ「はい」でも、抑揚がなく弱々しく張りのない「はい」は相手に不快を与える。「はい」は、必ず相手に気持ちが伝わるようにはっきりいうことが肝要である。そうでなければ信頼関係の構築はむずかしい。

とりわけ、営業マンが取引をする場合には、最初の印象が所作を含めた「はい」によって形成されるといっても過言ではない。そのうえで、誠実で、安心感を与える（不安を与えない）ように心掛け、相手に対して感謝、尊敬がにじみ出るようになると理想的である。相手は物の価格や質だけでなく、「全体としての人間性」を観て判断するからである。

私は、「はい」は、「拝」に通じると教わってきた。「はい」の語源については、「拝」が「はい」

という丁寧な答えの言葉となったとする説がある。「拝」を大辞泉でみると、①頭を下げて礼をする(拝礼、参拝など)、②貴人に会う(拝謁、拝顔など)、③あがめる。ありがたがる(崇拝など)、④お上からいただく。ありがたく受ける(拝名など)、⑤自分の行為に冠して相手に敬意を示す語(拝啓、拝借、拝読など)と解説されている。

これらの意味をもつ「拝」であるが、私が「拝」にもつイメージは、④のイメージが最も近く「両手を挙げて相手から褒美(ご利益と言っていい)をいただいている」図である。例えば、成績優秀により賞状・記念品を受け取るときの姿を思い浮かべてほしい。謙虚な「はい」の姿・行動は、相手の心に響き好意(神からの褒美)となって帰ってくるという図式である。つまり元気よく「はい」と返事のできる人は神に好かれ、その守護のもと、結果として、豊かな人生を送ることができるというものである。

二〇二〇年九月、当社の営業マンを対象に「営業担当者の基本マナーと心得」について社外講師を招いて一日研修を行った。

最近、競合他社や当社よりも規模の大きい、いわゆる大手企業の営業マンに比べると基本マナーの面で見劣りがするという某取締役からの提案で、職位、年齢を問わず全員を対象に行った。研修の中で「はい」の意味する「深み」を学ぶ機会を得たことは幸いであった。

（2）行儀の良し悪し

近頃、新型コロナウイルスのせいか駅構内（駅のホームなど）でおにぎりや軽食を食べている人を見かけなくなったような気がする。特に夏以降にそうした光景に出会わなくなった。それまでは、「わざわざ埃の舞う場所でおにぎりを食べなくてもよいものを、なんと堪え性のない人だろう。〝ばい菌ふりかけご飯〟を食べている人の心境が理解できなかった。

それが、新型コロナウイルス感染が拡大して人々が恐怖を覚えるようになると、流石に自身も不安になったのであろう、周りの目も厳しくて耐えられなくなったのかもしれない。

旅にあって食事は最高の楽しみの一つである。列車が走り始めると同時に買ったばかりの駅弁に早速箸を伸ばすのもその楽しみの表れである。いかにコロナ禍であってもこれを非難する人はいない。そこには、習俗として国民が認める暗黙の許しがある。また、普段の通勤電車内でも、飴やチョコレートなど、口に入る程度の大きさのお菓子類も辛うじて許される範囲である。

こうして、見ると、行儀の良し悪しも結局は当人がＴＰＯをわきまえて、日本人の常識の範囲内でその行為を行っているかどうかということになる。

ＴＰＯとは、ご承知のとおり、「時と場所に鑑みて適切に振る舞う」という趣旨で用いられる語である。Ｔは time（時）、Ｐは place（場所）、Ｏは occasion（場合）の頭文字で、和製英語である。問題はその適否の判断である。「ドレスコード」(服装規定)のように、例えば、オペラ鑑賞、パーティーに招かれたときや高級レストランでの食事など、入場・入店の際の服装(品位)が決められ、それを守ることが求められている場合はわかりやすいが、そうでない場合は、結局は自身がその適否を判断するしかないので悩ましい。

ここで役立つのが、日頃からの所作である。つまり、普段から自分を客観視してその立ち振る舞いに関心をもっていると、人を不快にする所作がどういうものかわかるようになる。言い換えれば、その立ち振る舞いが美しく、控えめで、品がある所作は行儀良く見える。それは、他人に対して思いやりのある、優しく親切な性格と映り、相手の心を和ませ、豊かにする。この所作は気立ての良さとして評価される。これは大事なことで、品がある所作は行儀が良く、仮に思わぬハプニングに遭遇しても、寛大にして許されることが多い。なにも○○流の作法に感心して寛大になるのでなく、その人の情操や心情が他人に伝わるからそうさせるのである。

新型コロナウイルスの脅威は、思わぬところで行儀の良し悪しを省みる機会となった。日本人が忘れかけていた思いやりや慈しみが覚醒されるきっかけとなれば幸いである。

(3) 遠慮と敬遠

日々の生活の中で、人との接し方を観察していると、心から打ち解けている場合もあれば、互いの関係性が反映してか微妙にぎこちなかったり不自然な場合がある。対人関係性は多様である。仮にAとBがいたとする。AとBの関係が、上司と部下、貸主と借主、お金持ちとそうでない人、社会的地位の高い人とそうでない人、収入の多い人と少ない人、都会の人と地方の人、家庭を持っている人と独身の人、年長者と年少者など、その関係性は常に流動的で瞬間々々にその性格は変化していく。

この関係性を反映する両者の心的状態を私なりに「遠慮」と「敬遠」にあてはめて推理してみた。「遠慮」とは、今日的には、①人に対して、言葉や行動を慎み控えること。例えば「遠慮なくいただきます」「ここでは喫煙は遠慮ください」「高齢者への遠慮」など。②辞退すること。また、ある場所から引き下がること。例えば「せっかくですが出席を遠慮いたします」「君は遠慮してくれ」などである。このほかに稀に、③遠い将来のことを思慮に入れて、考えを巡らすこと。例えば「深謀遠慮」。さらにその昔は④江戸時代、武士や僧に対して科した刑罰の一種で、軽い謹慎刑で自宅での籠居を命じたもの。がある。

最近は上司の誘いで仕事帰りに一杯酒に付き合う部下が減ったと聞くが、ここでの遠慮は②の意味であるが、私には、それが「遠慮」ではなく遠慮と対をなす〝自身の行動の身勝手さ〟を表すものとみている。つまり、自分基準での捉え方であって上司の立場を思いやる心がない人とみる。プライベートでの関係性が薄れてきた証拠でもある。

これに対して「敬遠」は、「人や物事を避けること」、単純に「嫌って避ける様子」にも使われている。文字からは「敬いつつ遠ざける」ということであるが、実際は儀礼的で表面的には敬うふりをしているだけで、内心は近づくことを回避するための方便として使われることが多い。文字に忠実な例では、野球用語の「敬遠」がわかりすい。「相手を強打者と素直に認め、勝負を避ける」と理由が明確だからである。これに対して、理由があいまいな敬遠の例としては、立場の隔たりが顕著（例：高学歴者と低学歴者）で支配—被支配の関係や、差別意識が端々に出てくるような人の場合などは、誘いを受けても「考え方や住む世界が違う」ことが意識下にあってお断りする行為が挙げられる。

本来、敬意を表し、尊敬される存在への表敬が、嫌わることとの変形として表見されることは寂しい気がする。「遠慮」がまだ心的状態が顕在的であると考えるが「敬遠」のそれは内奥に隠れて本心を見せない巧妙さ、狡猾さを感じる。

（4）忖度は悪か

忖度という聞き慣れない言葉は、平成二十九年（二〇一七）二月に表面化したいわゆる森友学園問題で使われ、続いて表面化した加計学園問題でも同様に使われたことで国民に広く知れ渡るようになった。同年の「新語・流行語大賞」では年間大賞に選出されたほどであるから、埋もれていた言葉が皮肉にも二つの学園問題で一般化し、日の当たる場所に引き上げられたのであるから喜ばしいかぎりである？

忖度の本来の意味は、「他人の心情を推し量ること、また推し量って相手に配慮すること」である。古くは、単に人の心を推測する程度の意味しかもたなかったようであるが、この二つの学園問題をきっかけに、「上位者の意向を推し量る」意味合いで使用されるようになったといえそうだ。

森友学園問題とは、学校法人「森友学園」が大阪府豊中市の国有地を、不動産鑑定士が出した評価額が九億五千六百万円であったにもかかわらず、近畿財務局から一億三千四百万円の格安で払い下げされたという問題である。約八億円の値引きの裏には、森友学園の籠池理事長が小学校名を「安倍晋三記念小学校」にし、昭恵夫人を名誉校長にしたいということから近畿財務局が（安倍首相の意向を推し量って＝忖度して）、払い下げ価格を決定したのではないかと憶測が飛んだのである。

加計学園問題は、平成二十九年一月、獣医学部を新設する「国家戦略特区」の事業者に学校法人「加計学園」が選定された問題である。五十二年間どこの大学にも認められなかったのであるが、学園の加計孝太郎理事長が首相と長年の友であったことから愛媛県職員が（安倍首相の意向を推し量って＝忖度して）、選定したのではないかと憶測が飛んだのである。

会社勤めをしてわかることは、日々の業務を遂行するにあたり、部門長の意向を推し量って（優先して）自身の計画を修正・実施するのはごくあたりまえのことである。部門方針の達成のためには、協調と競争が求められるし、環境の変化に応じて何を優先すべきかも随時変わってくる。それを一々説明を受けなければわからないようでは、使いものにならない。まさに、上司の意向を推察し、配慮することが求められるのである。この空気が読めないと有能な人であっても（尊敬されながらも）敬遠され、会社の業績向上、会社への貢献とは見られずに不本意に終わることがある。

政治の世界のみならず、組織にあって人事は好き嫌いで決まる。すべてにおいて潔癖であることは必ずしも調和のとれた性向とはいえない。忖度は度が過ぎなければ、予定調和を促し、みんなが気持ちよく働ける環境づくりに有効である。即、「忖度は悪」ではない。

（5）つかず離れずの関係

人間関係の極意はなにかと問われれば、冷たいようだけど「相手とつかず離れずの関係でいること」と答えている。昨今、新型コロナウイルス感染予防の観点から人と人の間の距離を二メートル以上離れることが重要であるといって、“social distance”（社会的距離）という言葉が一般的に使われ出したが、身体的距離のみならず精神的・心理的意味においても一定の距離を保つことは重要である。この距離感はとりわけ職場の人間関係を良好に保つために有効である。

知り過ぎて深入りすることの危険と知らな過ぎて犯す危険がある。私は会社で採用業務に長らく従事してきた。その経験の中でよく起こうるのは、新入社員が最初は仲良くしていたのに、なにかの原因で関係が悪化することである。新入社員研修や歓迎会、スポーツ大会など会社イベントを通して、互いの個人的特性や情報を提供しあう仲になる。趣味が同じであったり、興味の対象や食べ物の嗜好が似ていたりすると急激に接近していく。さらには親、兄弟姉妹のことをはじめ家庭の事情もわかるようになり境遇が似ていたりするとなおさら親近感を覚え、それまで隠れていた本心もさらけだすようになる。行動もともにする機会が増える。他人からみれば羨ましいほどになる。ところが、なにかの機会に、相手が触れられたくない事柄が第三者の知れることがある、良いと思って言ったことが相手の琴線に触れてしまうと、この関係は一瞬にして崩壊していく。そして、決定的に仲違いとなると、それぞれがそれまで得た相手方の個人的情報が無防備の状態で周囲に暴露されていく。会社の空気は気まずくなり、周囲を巻き込んで職場環境は悪化し、最悪の場合は、どちらかが退社するまでに発展していく。これが、知り過ぎて深入りすることの危険である。

他方、相手のことを知らな過ぎて犯す危険もある。例えば、本人の悩みに気づかずに無神経にそのことを話題にする場合である。人には誰もが触れられたくない問題を抱えている。

例えば、仕事外では、結婚して何年にもなるが子供ができない、不妊治療中である、子供に障害がある、子供がいじめにあっている、子供が不登校している、子供が家の中に引きこもって表に出ない、子息の就職が決まらない、自身なんど見合いしてもうまくいかない、身体的な（身長、体重、容姿、頭髪など）劣等感がある、持病をかかえている、家族が認知症にかかっている、親の介護をしなければならない、夫婦喧嘩が絶えない、ＤＶに怯えている等、また、仕事上でも、失敗が多くよく上司に叱られる、仲間から当てにされず信頼されていない等、問題は山ほどある。しかし、これらへの有効な手立てはない。ただ安易な同情は禁物である。「つかず離れずの関係」を私は勧めたい。それが良策であると思っている。

(6) 同情

私は、基本的には他人に同情しないことにしている。冷たいように思われるかもしれないが、安易に他人の悲しみを理解した程度で同情的行為をすると、かえってその人を怒らせ、軽蔑されたような気分にさせることがあるからである。同情する側は相手の不幸や苦悩をいかに自分のことのように思い、いたわっても、上から目線を隠せないのが人間の欲から生じる心情である。同情には「覚悟」がいるのである。その人の人生を丸ごと保障するぐらいの真情がなければしない方がどれほど同情される側にとって気が楽なことか。

その覚悟の程度はなにをもって測れるのかと問いかけられたことがある。私は、即座に「手の小指を第一関節から切断できるかぐらいの覚悟」と答えたら、それは大袈裟すぎると冷笑された。が、安易な同情は本人の再起の可能性の芽を摘むことになりかねない。依存性が高じて社会復帰ができなくなる素を与えることになるのである。もちろん、こうした考えを極論だといって、もっと気楽に相手の悩みに耳を傾け、聞いてあげるだけで本人の心の苦悩は和らぐのだから、寄り添い合うのが人の道であろうと説く人もいる。また、宗教的信仰をお持ちの方からは、上から目線を否定され、相手の悲しみを自身の悲しみのごとくに感じること、共感することで他人を救済できるという方もいらっしゃる。しかし、同情は共感と似て非なるものである。

こんなことがあった。昭和五十年代の初期、電話交換手は女性の専門職として人気があり安定した職業であったが、その後、通信技術が発達して交換手の手を煩わせることなく、誰もが直接電話応対が可能になった。当然、交換手さんたちは配置異動あるいは解雇の危機に追い込まれた。そのときに、それに同情して会社に地位保全を求め立ち上がった人がいた。同情された交換手さんたちも、最初の勢いにすっかり期待を抱き改善要求に乗じたが、しばらくして、その動きは下火になった。理念や理想、法の要求を通すには、(とりわけ中小企業では)、自身の生活を犠牲にする覚悟がいるのである。結果は解雇という形で幕を閉じた。

長い人生、毎日が順風満帆ということはなく自然災害はじめ多くの困難に遭遇し苦悩する人が出る。その事象だけを捉えれば気の毒に思う。しかし、安易な同情は期待を抱かせるという誤解を与え、その人の再起の妨げになることがある。

私は、不幸や悩みの結果が、制度の不備や政策の稚拙さが原因であったり、誘因に乗せられて飛びついた結果、財産的損害を受けたりという場合には、被害者の言い分(その制度の欠陥やデメリットの説明がないなど)に対しては「同感」するが、「同情の原因」を予測できなかったことに「同情」はしない。厳しいようであるが、それが現実なのである。

（7） 想像と創造

「想像」は、実際に見たり聞いたりしていないことを、こうだろうと頭に中に想い描くことであり、「創造」は、これまでになかったものを新しく造りだすことをいう。これが一般的な定義であるが、両者は近接していて「ある行為」がいずれに属するか不明な場合が多い。

例えば、現実からかけ離れていることを考えること（空想）は、想像の域にあるが、常に創造の萌芽を含んでいる。他方、創造が発展すると新たなイメージが湧く端緒となる可能性を持っている。このように、私は、「想像」と「創造」はリンクしていて、「想像・大（創造・小）」→「想像・中（創造・中）」→「想像・小（創造・大）」→……という具合に、ある時は連続しあるときは不連続に、さらに交差しながら続くのではないかと思っている。

ここで想像力がある場合とない場合、仕事をする上でどのような現象として現れるか経験から二、三例を挙げてみよう。私は、経営創業者に四十数年仕えたが、電話がなると、時刻、抱えている問題、取得した新たな情報から判断して、それが社長からのものかどうか即座に判断していた。受話器を取った段階で問われる事項と回答まで用意していた。結果は八割以上の確率で当たっていた。確率が高まると信頼関係が高まりますます「相性」がよくなる。また、社員の行動特性と日常抱えている問題を情報収集していると、社員が次にどんな行動にでるか大方予測することができた。占い師が相談者を観相して悩みごとを言い当てると似ている。他方、上司と部下に想像力が欠けると、上司の意向が伝わらず、チームワークがとれず、顧客の信頼を失い、時には会社にも大きな損失をもたらすことも散見した。

私の修士時代の論文に「建設業における高業績同族企業の研究」がある。そこでは高業績のTゼネコンとそうでないAゼネコンの定性データから導き出した経営特性を比較している。その結果、Tには、Aより創造的社風があり、新技術の開発に積極的で、会社と社員間にはインフォーマルで深いコミュニケーションネットワークが構築されていた。それは創造的破壊をも受容する職場環境でもあった。他方Aは安定的な労使関係が重視され、新提案を受け入れる環境もほどほどであった。創造の成果は企業では発明や実用新案の出願数、取得数に現れる。新規性と進歩性を競う職場環境下では保有する特許等の無形財産も蓄積されていく。極論すればTは大脳前頭葉型、Aは大脳側頭葉型といえるかもしれない。

私の博士課程後期の指導教授に、筑波大学大学院名誉教授の大野正道先生がいる。その先生は「論文は少しばかりのオリジナティを出せるかどうかにかかっている。すべてをオリジナルで書くことは不可能である(先行研究者があっての現在である)」。それさえ労苦を惜しむところに不正論文、論文盗用の温床があると指摘していた。同感である。

（8）ＹＥＳ―ＢＵＴの交渉術

私は総務歴が二十数年になる。職務柄、これまで社員がらみの事故や事件での相手方との交渉、当社への損害賠償請求や不作為等の要求、暴力団の強要に対する対応等、貴重な体験をしてきた。言葉一つでまとまるものもまとまらないことも数々経験してきた。そうした中で、私が心掛けてきたのは、「yes-but の法則」である。これを実践してきた結果、交渉は当方のペースで進み、大きく敗北したという経験がない

交渉に先立っては相手のことを真摯に知ろうとする姿勢は大事である。また、先入観から予断を抱かないことも大事である。しかし、それでも自分の思い込みで走る場合がある。そのときに逸る心にブレーキをかけるのが「yes-but の法則」である。相手には必ず言い分がある。もし、こちら側の回答がＮＯだったとしても、そのままＮＯと答えたのでは、交渉は一方的に打ち切られ、それ以上の進展は望めなくなる。仮に答えがＮＯであっても、まずは相手の言い分を遮ることなくＹＥＳと受ける。「なるほど、あなたは○○となることを望んでいるんですね」と確認する形のＹＥＳである。そして、一呼吸おいて、「なぜそれを望むのか」「それを望む根拠はどこにあるのか」と尋ねる。これで相手のニーズが見えてくる。「なるほど、それなら、○○という方法がよりあなたのニーズに合うのではありませんか」とこちらの要望を交えて対案を示すようにする。そうすると、

相手は、自分の意見が反映されている対案であるためNOと言えなくなる。これを私は「yes-butの法則」と命名して、職場でも「上司からなにか頼みごとされて断るときには最初からNOと言わないで、まずはYESと受けて、後刻、butと言って断るんだ」とその効用を説いている。

最近この「yes-butの法則」を、国際交渉の場に活かし数々の実績を上げている日本人の国際ネゴシエーターがいると知って驚いた。二〇〇二年ジョンズ・ポプキンズ大学大学院で国際学を修め、国連紛争調停官として紛争調停に携わり、また、環境省国際調整官として日本政府代表団で環境交渉における首席交渉官を歴任された島田久仁彦氏である。著書や講演で氏自らこの交渉のやり方を「yes-butの法則」と命名しているそうだから、偶然としか言いようがない。氏は私より二十七歳も若いから、少なくとも命名は私の方が先のようであるが、国際的実績のある氏が命名したのであるからそれを無条件で認めざるをえまい。

「yes-butの法則」を使うと、相互に納得のいく結果を導きやすくなり、相手を尊重するやりとりになるから、人間関係も崩れない。そして、どうしてもNOと言わなければならないときは、YESと受けて、「私の○○という条件を受けてくれれば、あなたの○○についても再考しましょう」と答えれば、大概は理解を示してくれるものである。

（9）断りかた

他人になにかを依頼する場合、簡潔にして要をえた内容で失礼にならないことが基本である。普段からつき合いがある方でもあらためて依頼事となれば、多少身構えるものである。したがって親交の濃淡にかかわらず、誠実な態度、誠意ある依頼であることが肝要である。

他方、依頼された際の断り方について私が使う方法を二例紹介する。これが意外と相手が勝手に納得してあきらめてしまうから面白い。

第一は、「no thanks」の威力である。総務の仕事をしていると、いろんな会社から営業の電話がかかってくる。電話料金値下げの案内、清涼飲料水等自販機設置の案内、ゴルフ会員権（売買）の案内、中途建築技術者の派遣や人材紹介、新卒学生会社説明会の案内、求人広告の案内、生命保険への加入、社員旅行の案内など業種は多様である。

こうした案内は、新人さんや入社してまだ日の浅い社員が担当しているケースが多いようで、話し方も慣れないせいかたどたどしい。そして、万一こちらが関心を示して、来訪を約束すると、役者が代わって少し先輩の営業マンあるいはベテランの社員が訪ねてみえる。最初に電話をしてきた人は、アポイントメントを取り付けることが仕事であり、その後の営業活動は別の人、というふうに役割が分担している場合が多い。

さて、電話を受けたときにもっとも効果的な返答は「no thanks」である。日本語で「結構です」と答えただけでは相手はすぐには引きさがらない。あの手この手で話を引き延ばし、どうでもこうでもアポイントメントを取り付けるまで喰らいつこうとする。一日に何百回と電話をかけ、ノルマ達成に至らなければ上司のきつい追求が待っているのであろう。その置かれた立場は重々承知であるが、いかに相手に「見切りをつけさせる」ことができるかがこちらの力量である。そこで都合のよい言葉が「no thanks」である。一瞬、相手は予想していない返事に戸惑う。その様子が想像できる。そしてなぜか勝手に納得して受話器を切ってくれるのである。もっともこちらも英語調にそれらしい発音で話すのがコツである。

第二は、「方位が悪い」である。建設会社にいると地鎮祭や各種イベントなど、開催の日を暦（六曜）で選ぶことが多い。通常は、「大安」が吉日で「仏滅」は禁忌な日として避けられるが、例えばもっと大きな事柄で同様の依頼が継続的かつ長期に渡るような場合は六曜の判断だけではお断わりの理由に乏しい。そこで「今年は年回りが悪い」「方位が悪い」といって、残念だが意向に沿えない旨を伝える。すると、勝手に相手がいいように判断してくれる。まことに人を傷つけない名言である。困ったときにはぜひ一度使用されることとお勧めしたい。

この二つは、相手を不快にしないための名呪文である。

（10）ウイットに富んだ答弁

国会議員は良くも悪くも国民の選良として範を示すべき立場におられる方々である。国会での審議内容は、本会議をはじめ予算委員会などテレビを通じて全国に放映されている。当然、与野党の攻防はその一挙手一投足が国民の環視にさらされている。その攻防の仕方によって論点が明確になり、国民は真実を知る機会となり、次期の選挙の投票行動に少なからず影響を与えることになる。ところが近年の攻防、特に野党からの質問は、まるで詰問であって、とりわけ政府関係・事務方への質問は大声を張り上げて威嚇し、まるで集団いじめの様相である。学校での児童や生徒間のいじめ、職場内のいじめがいっこうに減少傾向に至らないのは推して知るべしである。当事者にいじめ意識がなく「しつけ」、「教育」の言い訳を許す補強証拠を提供しているようなもので感心しない。

十一月四日、菅義偉首相は衆議院予算委員会で、日本学術会議の六人を任命拒否した問題で、立憲民主党の枝野幸男代表から推薦者の任命権などについて追及された。その際、首相が用意された答弁書を棒読みする場面が目立ったことから業を煮やし「壊れたレコードのよう」だと皮肉った。その上で「原稿を読むのを辞めて自分でお話しになった方がいいのではないか」と指摘した。また、委員長が内閣法制局長官に答弁させようとすると、「呼んでない！　呼んでない！」と声を荒げて反論し席に戻されるというハプニングもあった。

日本学術会議の委員任命権については形式的任命権しかないのか、それとも実質的任命権も有するのか問題はあるが、最近の世論調査では、野党は国民の関心を誘導するに至らず、内閣の支持率は依然として六〇パーセント程度の高さを保持している。阿比留瑠比の指摘するように「実社会では、上司の推薦があったはずなのにポストに就けなかったのは任命権者である社長が悪いと言い募る者など、みっともないとされて相手にされない」(産経新聞二〇二〇年十一月十二日)。

枝野代表から「壊れたレコードのよう」と皮肉を言われたのなら、せめて、「あなたのお持ちの古くて錆びついた蓄音機には、（私の）壊れたレコードがもっともふさわしいでしょう」「それが嫌なら、新しい蓄音機をお買いになったらいかがでしょうか、私も新しいレコードを買いますから」と返したいものである。

日本人は、なかなか相手から不意に追及されたりすると、答えに窮し右往左往してしまう。無理もないことで、ディベート（討論）の訓練が教育として行われていないし、理屈っぽい性格は皆から敬遠される。自分の意見を強く押し出すと衝突することも多い。それにしても聞き捨てならないときはせめてウイットに富んだこんな返答で言い返したいものである。

（11）潔い負けっぷり

戦争や民族紛争をはじめ、世界には争いが絶えない。有史以来、「争いが起こりやがて終息しつかの間の平和の時代が到来する」。そんな繰り返しを人類は何度も経験してきた。

人類がおしなべて幸福であるための道筋は、一人一人が異なった意見を持っていて、その集大成が国家の意志として形成されることである。しかし、自由主義国家であれ共産主義国家であれ、為政者の希求する姿は同じであってもその方法が異なる故に争いは尽きない。

こうした争いは、本来、勝者も敗者もない。しかし、勝者はますます独善的になり、敗者は失意の中にあって究極は国家存亡の危機に瀕することもある。

さて、ここで取り上げた「潔い負けっぷり」は、血生臭い争いを想定したものではない。わかりやすくはスポーツの世界がもっともその対象としてふさわしい。

二〇二〇年十一月十日、大相撲十一月場所三日目、大関朝乃山が休場することになった。初日の霧馬山戦で立会いぶつかった際に右肩を痛め(白星)、内出血していた状態で二日目に臨んだが、元大関照ノ富士に「あざやかな上手投げで土俵中央に仰向けに転がされた」。屈辱的敗北は精神的に尾を引きそうな無様な格好を晒した。右肩三角筋挫傷。休場の直接の原因である。来場所までにしっかり治療に専念して再起をかけることを願う一方で、この負けっぷりに対する同情の声は聞えてこない。すでに初日、解説の元横綱北の富士は、場所前の稽古の様子を寸評し、「幕下の連中とばかり稽古しているようでは、強くなれない」という主旨の苦言を呈している。そのつけが早くも二日目に晒され、三日目に最悪の事態を迎えたのである。潔い負けっぷりは、することをして、その結果の負けであり、悔いの残らない負け方である。大関を張る以上、勝ち方を模索するだけでは足りず、負け方も潔くなければならない。残念ながら、朝乃山には、先場所(大関昇進後の初めての場所)から、それが感じられなかった。潔い負けっぷりは爽やかで美しい。

もう一つ、潔ぎよさを感じない戦いに、十一月三日に行われた米大統領選挙でのトランプ大統領の選挙後の振る舞いがある。投票方法をめぐる疑念はご指摘のとおりであるが、それを受忍しての選挙結果である以上、すっきりと受け入れた方が潔く、かえって四年間の実績を後世に残すことができたはずである。歴史的な大統領となるべき記念碑をみずから破壊したようなものである。人生訓とすれば、四年間世界を縦横無尽に飛び回り、一挙手一投足が地球市民の行動に影響を与えたことを神に感謝して、別の形で社会に貢献することを神が望んでいると悟ることであろう。今は、安倍晋三元首相とウエストパームビーチでゴルフを楽しみワインを傾けるチャンスも失ってしまった。

(12) 学歴詐称

二〇二〇年七月、都知事選挙を前に小池百合子都知事の学歴詐称疑惑が再燃した。本人の主張する「カイロ大学首席卒業」は虚偽の疑いが濃厚だというのである。本人が真正の卒業証書を公開すれば簡単に疑惑は晴れそうなものだが、ことはそう簡単にはいかない。

都議が再三、卒業証書の公開を要求するも知事が頑なに拒否。しかし、選挙が七月に控えていることなど諸般の事情を考慮してかようやく公表に踏み切った。ところが、その公開した証書を「子細に点検すると証明スタンプが不自然に楕円にゆがみ、インクが滲んでいる」「貼付した顔写真が不鮮明である」など、収拾どころか偽造の疑いが一層濃厚になった。これに対しては、アラブ文化の鷹揚さが背景にあり、日本人が期待し想像するような精度の証書は元々ないのだから、証明スタンプのズレや滲みがあったとしても不自然なことではなく偽造とは一概に言えないという意見も出てきた。

こうした中でカイロ大学は六月八日、「一九七六年十月にカイロ大学文学部社会学科を卒業したことを証明する。卒業証書はカイロ大学の正式な手続きにより発行された」という声明を出した。通常ならばこれで一件落着するところ、これに対しても日本メディアのさらなる追及を阻止するために都知事がカイロ大学に要請したのではないかという憶測まで飛び交って事態はますます紛糾した。一度疑惑をもたれたら、その潔癖を証明するのはなにごとにおいても至難である。学歴詐称はいつの時代にあっても悩ましい問題である。しかし、これらの疑惑も七月の選挙において小池都知事が二位に大差で圧勝したことで、以後沈静化している。「天網恢恢疎にして漏らさず」詐称が本当なら天罰を待つ以外妙薬はあるまい。

学歴詐称はじめ職歴・経歴を詐称する人は、押しなべて自己顕示欲が強いと思う。成りたい自分になれないことへの忸怩たる思いが嘘を言わせる。「自身を誇大に見せたい」というその欲求が寂しく憐れである。弱さを曝け出して生きた方がずーと爽快なのに気づかない。

学歴詐称は、一般的には低学歴者が高学歴を詐称する場合を指すが、同一学歴でありながら他の学校の学歴を詐称する場合や中退したにも関わらず卒業したと詐称する場合などその類型は多様である。その背景には学歴を重視する日本社会全体の問題もあると思うが、一度詐称すれば嘘の上塗りとなってつじつま合わせに汲々となる。なにかの弾みで嘘がばれると職を失うことさえあるし、損害賠償問題に発展することだってありうる。

もっと質の悪い詐称は、いわゆる「逆学歴詐称」である。例えば高校卒業者を対象とする職種に就きたいために大学卒業の事実を隠蔽するという事例も後を絶たない。他の受験者への最悪の冒涜である。その狭隘さを大学時代に身に付けたとしたらこれまた憐れである。

(13) ええかっこしい・えふりこき

「ええかっこしい」とは、日本語俗語辞書によれば、「ええ格好(=良い格好)」に「する人」という意味になる接尾語として関西方面で使われる「〜しい(〜しぃ)」を付けたもので、人前で実際よりも良い人を装ったり、格好良く見せようとする人を指す。私が生まれた青森県をはじめ東北地方では似た表現に「えふりこき」がある。前者が「ええ格好」という意味を感じさせるのに対して、後者は、それも含むが、むしろ、見栄っ張り、中身がないのに知ったかぶりをする人、目立ちたがり屋のイメージがある。また、前者にはどこか都会の上品さが残っているようで、東北人からすると使い勝手のよくない言葉である。若い時分に田舎に帰省して、「ええかっこしい」というものなら、それがむしろ都会生活をちょっと経験したぐらいで方言を使わなかったとなって、「えふりこき」だということになる。

「えふりこき」は、意識的であろうと無意識であろうと、人それぞれの行動特性によるもので、一種の癖(行動パターン)とも見ることもできるが、共通していることは他人と差別化を図りたいという自己顕示欲が強く、いい意味では、なにごとにも好奇心が旺盛で自身の価値観(アイデンティティ)を有しているともいえる。換言すれば、他人の言を聞きかじり、事物を表層的にしか理解できていないにもかかわらず知ったぶりをする、その結果すぐに化けの皮が剝がれてしまう。それでも自身は満足状態にあるのは、自身の言動が他人からどのように評価されようが気にかけることもなくおおらかな性格の持ち主だからなのかもしれない。さらに、慎重で計算高く狡猾でないから(あるなら立派な知能犯となりうる)、周囲はあきれ返っても憎めないのかもしれない。

ところが、最近、こうした「えふりこき」が少なくなったような気がする。いくつか原因が考えられるが、一番は、インターネット(=スマホ)の普及ではないかと思う。必要な知識・情報はその場ですぐに検索できるからである。また、少人数の対面で自身の存在を主張する機会が減り、自身と他者との差別化がむずかしくなったことである。今や同時に多人数を相手にする場面では、むしろ謙虚さが必要となり、知ったかぶりや単なる聞きかじり程度ではすぐに浅薄な自身を大衆の前に晒すことになるからである。そういう意味では、「えふりこき」の情報発信源としての社会的役割は終わったのかもしれない。

国民の生活水準もいまだ貧富の差はあるものの全体的には平準化しており、また、かつてのような情報の非対称性も薄らいでくると、「えふりこき」が生まれる社会的環境も消えていく運命にあるのかもしれない。

（14） 虚言癖とホラ吹き

学歴詐称のところで述べたが、世の中には何事につけで誇張する人がいる。自身を過大に見せたい、有能な人間であると。「えふりこき」も同じ性向である。自分の成りたい姿になれないことへの内なる不満が燻ると、自身が演出家兼俳優となって世間という舞台で上演することを欲するようになる。そして一度味をしめると癖になって、自演したときの観衆反応が忘れられず、再発を繰り返す。多少の後ろめたさがあっても観衆の反応に酔い中毒になる。そこには虚言することの罪悪感はない。自身もいつの間にか空想の自分像と同一視して真実「カイロ大学を首席で卒業した」と思い込む。一種の精神的疾患症状である

私は、小池東京都知事が「カイロ大学を首席で卒業した」との発言に当初から毫も驚かなかった。なぜなら、半ば冗談にしても昔は東京大学法学部を卒業した方の中には結構「私は東大法学部を首席で卒業しました」という人を何人も知っているからである。東大に縁のない取り巻きは、それをそのまま受け取るしかなく、東大法学部を卒業したことは事実なのだからそれが虚言であろうとなかろうとその発言を許したものである。また、「首席」は一人に限らず、「我こそは一番である」と発言しても周囲に害を及ぼすこともないと思っていた。よくお酒の品評会などで「金賞受賞品」が必ずしも一つに限定していないと同様に「首席」が複数人いてもよいと考えていた。したがって、

「カイロ大学を首席で卒業した」のも、本人がそう思っているのなら、我々はそれを鷹揚に構えて笑って聞いていればいい話である。だから、それが公職選挙法第二三五条に違反すると目くじらを立てることもないと思っている。ただ仮に「カイロ大学に入学もしていないなら」それは枠組みからはずれてしまうので、第二三五条が適用されるのは仕方ないことである。

私は、男は少しホラを吹くぐらいがちょうどよいと思っている。ホラは換言すれば「夢」である。誇張された奇想天外な内容だと一律に拒絶するのではなく、「なりたい姿の実現に向かった性向」であると受け取ればよい。今日、若い世代の男性の独身率が高いのは、この夢を語れないことが一因と思っている（平成二十七年の国勢調査では二十五歳～三十四歳の未婚の割合は男性五九パーセントである）。経済力、学歴、出自や容姿のみを基準に女性が好きになるわけでない。「将来の夢」に感銘すればその夢に自身の将来を重ねることだってある。好奇心、冒険心、野望が「夢」となってホラを吹くなら日本の未来も捨てたものではない。

ホラ吹きは「未来形」であり、虚言癖はどちらかというと「過去形」ではないかと思っている。女性は、その男が未来志向なのか、回顧志向なのか、言葉の端々から見定めなければならない。少子高齢化社会にあって「男は少しホラを吹くぐらいがちょうどよい」のである。

（15）笑いと私語

久しぶりに机の下の引き出しから『津軽艶笑譚』平井信作著（津軽書房）を取り出し、ペラペラとページを捲る。津軽弁は難解だから解読には少々手間がかかるが、私も生まれは南部だから、どうにかニュアンスはつかめる。どの小話も艶っぽく、抱腹絶倒だ。一度吹き出したら笑いが止まらない。猥談の宝庫だ。こんな話が日常的に（爽やかに）語れる場があったら、性犯罪は確実に減ることだろう。

笑いに関する研究は、この十数年の間にかなり進歩した。それまでは、「笑いは百薬の長」であり、「笑い」は心も体も健康にする、と唱えても経験則からの推論でしかなく、科学的根拠に乏しいとされていた。「笑い」が医学的にもその効能が確かめられ本格的な研究対象となったのはつい最近のことである。今では、免疫力のアップやストレスホルモンが減少してリラックスした状態になる、脳の血流が増え脳内のやる気ホルモンや癒しのためのホルモンが増える、大笑いは多くの酸素が体内に入ることで高血圧や動脈硬化が抑制される、ガン細胞と闘うナチュラルキラー細胞が大幅にアップするなど、多くの臨床結果が報告されている。まさに「笑いは百薬の長」「笑う門には福来る」である。

「笑い」は、人間と一部の霊長類に限られているが、なぜ「笑う」かについてはいまだ解明されていない。「個体同士の関係性を強化」する重要な役割を果たしているという説もあるが、人間の意思や感情（喜怒哀楽）を多彩に表現するための「言語の補助手段」の役割を果たしてきたのではないだろうか。それを「笑」のつく熟語の多さに垣間見ることができる。

「笑顔」「談笑」「爆笑」「哄笑」「朗笑」「微笑」「笑話」「一笑」「笑劇」「失笑」「苦笑」「嘲笑」「冷笑」「憫笑」「笑殺」「笑覧」「笑納」「艶笑」など。

古代ギリシアのアリストテレスは、「笑い」を「他人を軽蔑し見下すことから生ずる快感」と考察したそうであるが、これは「嘲笑」「冷笑」「憫笑」の入り混じった高揚感であろう。

さて、俳優は「泣く」よりも「笑う」方が難しいという話を聞いたことがある。確かに心情が伴わない笑いはすぐに「嘘笑い」と見抜かれる。意識的に「笑いを取る」芸人の姿に憐れみさえ覚えることがある。職場の中の笑いは、ストレスの解消と能率アップに繋がるから、会話の多い部門は、仕事も円滑に進み、協調と競争がよく機能する。当然に笑い声が絶えない。一方、会話の少ない部門は私的な会話や情報交換がないから空気が殺伐として乾ききっている。理想はみんながプライバシーを若干吐露とするぐらいがちょうどよい。もちろん、あまり私語が多いと他部門から妬みと怒りを買うことがあるのでご用心。

(16) 相関図

企業が掲げる目標の達成には社員間の協調と競争が欠かせない。いかに有能な人であっても単独で企業の目標を達成するには無理がある。また、仕事のできる人が必ずしも信望が厚く、好意をもたれる人とは限らない。職場関係とりわけ人間関係は複雑で、多くの利害得失の絡み合いの中で、接近と離合を繰り返し流動している。

経営者（後継者）に求められることの一つは、社内で流動的に変化している人間関係に関心を持つことの重要性である。すなわち、社員個人と集団の関係、集団としてのまとまり、集団における人々の相互作用から集団が作り出すグループ・ダイナミクス（group dynamics）、すなわち集団力学を把握することの重要性である。なぜなら、社内における社員の相互関係、すなわち人間関係の親疎を把握すれば、人事異動（適材適所）やプロジェクトを立ち上げる際のメンバーの人選等に非常に有効的だからである。社員の親疎は、同じプロジェクトの選抜チームの一員に選ばれたとか、職位が同じであるとか、業務遂行上の共通点が連結点となる場合が普通であるが、むしろ、業務以外の私生活での共通点（例えば、大学時代の先輩・後輩、出身地、利用通勤路線、趣味、同じスポーツクラブに通っている、就学前の幼児がいる、就学年齢の子育てや親御さんの介護などの悩みなど）が連結点となる場合もあり、非定型である点に特徴がある。

そこで、私は、社員間の人間関係の濃淡を把握するために相関図の作成を勧める。社員間の関係性を濃淡（線の太さで表現）で表現し図解する方法である。例えば「ＡとＢは仕事上も私生活でもよく交流している、ＡとＣは日常挨拶を交わすこともしない。しかし、ＣはＢとは通勤電車が同じでときどき一緒に帰り一杯酒を飲む仲である」という具合に。ＡＢ間、ＢＣ間は太く、ＡＣ間は細い線でつなぐのである。ＡＣ間で問題が生じたときにＢの仲裁者としての役割は大きい。こうしたことを経営者は感覚としてではなく、情報の裏付けのもとで把握しておかれると便宜である。ただ、社員間の親疎は変化していく。したがって定期的に見直し必要である。

　一方、社員の親疎を探索するには、アプローチの仕方によってはプライバシーを侵害する恐れがあるので細心の注意が必要である。大事なことは、人事管理をはじめ企業の目標実現のために有効に活用するという、「利用の意図が明瞭」で、私的目的のために不正にあるいは恣意的に利用してはならないことである。「履歴書を見るのが趣味」と語る若い総務・人事部の社員のことが過日、話題になっていたが情報の非対称性を悪用した言語同断の振る舞いである。その利用はあくまでも「善」に活用すべきである。

(17) 年賀欠礼と寒中見舞

　わが国には新年を祝うにあたり年賀状を送る風習がある。その起源は定かでないが奈良時代から年始の挨拶をする行事があったようで、平安時代には貴族や公家にもその風習が広まっていたようである。欧米などではクリスマス・カードやグリーティングカードがそれに代わるもののようであるが一月一日に届くように暗黙裡に、制度化されているのはわが国ぐらいのものであろう。

　年賀状として使用される「はがき」は、「お年玉付郵便はがき」として毎年十一月頃に発売されている。図柄は新年の干支や七福神などの縁起物がよく用いられる。私が小学生の頃から基本的にはこのスタイルに変わりはない（はがきのサイズが一回り大きくなったぐらいである）から少なくとも六十五年以上の歴史がある。発行枚数は平成十五年（二〇〇三）の四十四億五千万枚をピークに令和二年（二〇二〇）用の発行枚数は二十三億五千万枚までに減少している。その要因は儀礼廃止の方針を打ち出した企業が増えたことや、電子メールやSNSで年始の挨拶を済ませる動きが増えたことだろうと推測される。

さて、新年を寿ぐ年賀状であるが、十一月に入ると年賀欠礼のはがきが届くようになる。身内に不幸があった翌年はお正月のお祝いは行わないというのが一般的で、身内が亡くなった悲しみから身を慎み、喜びを控えるという意味であるが、「年始のご挨拶を遠慮いたします」という文面から死亡告知と年始挨拶の欠礼に対する礼節を重んじる心情が見える。

明治時代には忌服規定があり、その中で喪の期間も定まっていたようで、両親や夫が死亡したときは一年、妻は三カ月、子供・兄弟は三カ月、祖父母は五カ月、叔父叔母は三カ月となっていたようだが、今日では皆、一年が普通である。また、欠礼の範囲も二親等までの親族もしくは故人と同居していた場合が一般的であるが、その範囲も関係が希薄になるにつれてあいまいになっているのが実情である。

私の母は、こうした風習の決まりごとをあまり気にするほうではなかった。欠礼状をいただいても「喪は過ぎ去ったこと、新年は、悲しみを忘れて未来を寿ぐ年である」と言って、いつもの正月と同じように年賀状を出していた。風習に囚われる人にとっては不条理な人と思われたかもしれないが、母の意見に賛同する人からは風習に囚われない進歩的な人と見られていたようで周囲の信頼も厚かった。

私も母の影響を受けたと見えて、こうした風習には否定的で未来志向である。といいつつも、欠礼者の悲嘆にくれる心情に思いを巡らし、一月小正月の頃、弔意の気持ちを込めて「寒中見舞」を出している。

Ⅳ　健康管理

（1）新型コロナウイルス感染予防対策

師走を迎えても新型コロナウイルス感染の脅威は納まるどころか日々、感染者数は増加の一途をたどっている。こうした状況の中で、政府や各自治体がそれぞれに可能な限りの施策を打ち出して対応しているが、その成果を見出すまでには至っていない。

当面の予防策として、政府は、十二月三日、「go to トラベル」について来年六月まで延長する方針を明言した。東京都も感染リスクの高い高齢者へ「東京の出入りを自粛要請」した。今や「手洗い」「うがい」「マスクの着用」だけでは万策尽きたきらいがある。

それぞれが専門家の意見の下で判断されることはよいが、国民の一人として、私は、数ある施策の中から、もっとも基本的な予防策として「鼻うがい」の習慣化（衛生教育）を提唱したい。その有効性を説き、習慣になるまで地道に啓蒙することが最善であると考えるからである。

「鼻うがい」の習慣化と「手洗い」の習慣化の違い

「手洗い」の習慣は、家庭内はもとより戸外でも比較的簡単に身に付けることができる。一方「鼻うがい」の習慣化は、家庭内ではできるが戸外ではなかなか定着が難しい。例えば、職場のトイレ内で手洗いはしても、鼻うがいをしている人は皆無である。

職場内クラスターの発生源は「職場」であるという誤った認識

ここに来て、官庁や病院・介護施設をはじめ職場内感染者が増えている。その対策に短期間の出勤自粛（テレワークの実施）を提唱しているが、それは、多くの人はその発生源は「当該」職場にあると誤解しているからである。職場へ持ち込むのは、持ち込んだ人の家庭内に感染原因があることを認識していないからである。したがって家庭内クラスターの発生予防には、手洗いの習慣に加えて、鼻うがいの習慣を身に付けるよう啓蒙するのが最善である。家庭内感染が発生しなければ、職場クラスターは大幅に減少するはずである。

「鼻うがい」の仕方

「習慣化」するためには、特別の器具を使用することは愚の骨頂である。

鼻うがいが有効だといって、片方の鼻孔に器具を挿入して水を入れ、もう片方の鼻孔から排出するようなやり方では長続きしない。簡単にできることが肝要である。

私が推奨するやり方は以下のとおりである。

（1）洗面所で、洗顔する際に（鼻だけ洗う際にも）、蛇口から手のひら（あるいはコップでもよい）に水（ぬるま湯がよい。一つまみ塩を入れるのもよいが習慣づけるのは案外むずかしい）を取り、両鼻孔から同時に水を吸い込んでははき出す。この動作を四、五回行う。時間にしたらせいぜい十秒もかからない。

（2）あまり強く吸い込まないこと。強すぎると鼻の奥まで水が入り、鼻の奥・頭が「キーン」と痛むことがあるので加減は自身で決める。

（3）洗浄範囲は、鼻の先からせいぜい二センチ程度の奥までで十分である。鼻孔の先端と入口に付着したウイルスを排除するイメージでよい。

（4）鼻うがいの回数は一日数回でよいが、出勤する前と帰宅後の二回は最低おこなってほしい。回数は多いほどよいというものでなく過度な回数を設定して、それに制約されたら本末転倒である。

政府や自治体は、ワクチンの開発をはじめ対症療法的施策や経済社会的政策を打ち出すことはもちろん重要であるが、もっとも基本的なことがらを習慣づけることがより有効であることに気づかなければならない。そのためには、これまで以上に衛生教育の重要性と必要性を説き、この分野への投資を惜しんではならない。

政府にお願いしたいこと

①今すぐ取り組むべきこと

政府広報を作成しこれを映像（テレビほか）で流すこと。政府広報（テレビ）で「鼻うがい」をするようお願いする。

例えば、「今、政府や自治体は、新型コロナウイルスを退治できなくてとても困っています。そこで、良い子のみなさんにお願いがあります。退治には「鼻うがい」がとても効果的だと思っています。家族のみんなが「鼻うがい」を習慣にしたらコロナウイルスを退治できるかもしれません。そこで、良い子のみなさんから、おうちのおじいちゃん、おばあちゃん、お父さん、お母さんに「鼻うがい」を勧めてほしいんです」

＊内容構成はプロの知恵を借りればさらにインパクトのあるものにできあがるでしょう。子供目線で子供も主体的にこの問題に取り組んでいる姿勢が重要である。

こうした政府広報（テレビ）を一日数回繰り返し流すと、孫や子供から言われればおじいちゃん、おばあちゃん、お父さん（パパ）、お母さん（ママ）も従わざるを得なくなるでしょう。

これが習慣化し、文化に溶け込めば、新型コロナウイルスの感染予防のみならず、今後も発生するであろう新型のウイルスにも必要以上に怯えなくて済むはずです。この取り組みがわが国のみならず世界の共通習慣となればさらに大きな効果が期待できるはずです。間接的で迂遠な方法（時間はかかる）であるが最も効果的は方法と言えるでしょう。

②数年内に取り組むべきこと

ｉ）日本が世界に先駆けてユニバーサルデザインの手洗い所を数多く設置する

例えば「ＷＨ」(Wash Hands)を見ればそれが手洗い所であることが世界中の誰でもがわかるようなユニバーサルデザインの手洗い所を国々所々に数多く設置することである。

設置場所や数あるいは形状や文様等の装飾は各自治体の自由な発想に委ねることにしてその予算づけを国家が行えば、その設置は意外と簡単にできるはずである。

水資源の確保が課題となるが、大禍を目前にして躊躇することなく勇気ある自治体が率先して実施に至ればその反響は甚大である。この取り組みが世界的規模に旋風を巻き起こすとなればなおさらである。これらの手洗い所はさらになる災害時(大地震など)には給水拠点ともなればその効能は計り知れないものになろう。

総じて、ウイルスに強い都市・街のリ・デザインができるかどうかが分水嶺である。

ii)小学校の教育カリキュラムの中に「水の効用・その有効性」の授業時間を設ける

「水」の重要性を植え付けることである。水は生命の源である。同時にすべての汚れを洗い切るのも「水」である。

ウイルスとの戦いは長期戦である。幼児の時分から、正しい知識と手洗いの習慣、鼻うがいの習慣を身につけることによって、徒に恐怖心に怯えることはなくなるであろう。一年生から六年生にいたるまでは、毎年新学期の始まりに感染予防のための授業を義務づけることである。なぜなら、この時期に学んだことは身につきやすく次世代に継承される動機づけとなるからである。

「弦緩ければ鳴らず、緊迫すれば断つ、緩急中を得れば百韻遍し」(迦葉仏)

数学者で文化勲章受章者であった岡潔は、「意志体系はかような自由意志によって動かすことができる」と述べている。小学生に早すぎることはないと思う一人である。

最後に

この世に存在するものには必ずなんらかの存在意義、存在価値があるとわれわれは教わり育ってきた。それの前提にたてば、今回の新型コロナウイルスの存在意義、存在価値はなんであろうか……。科学者、哲学者、宗教家にしてもこの問いに明確に答えられる者はいないであろう。はっきりしていることは、根絶できないかぎり人類はこのウイルスとの共存関係を選択せざるを得ないことである。しかし、その禍は最小でありたい。それが人類共通の願望である。ここに改めて、われわれは「手洗い」「口うがい」「鼻うがい」がもっとも基本的な予防策・防衛策であることを学び習慣化してそれを文化にまで高めることが、人類共通の課題であることを肝に銘じなければならない。

以上が、菅義偉内閣総理大臣宛に送付した私の新型コロナウイルス感染予防対策である。

（2）濃厚接触者

厚生労働省は、新型コロナウイルス感染予防の観点から、濃厚接触者は陽性になる確率が高いことから、「濃厚接触者」を以下のように定義づけている。

濃厚接触者とは、新型コロナウイルスに感染していることが確認された方と、①近距離で接触（距離の近さ）↓必要な感染予防策をせずに手に触れること、②長時間接触（時間の長さ）↓対面で互いに手を伸ばした距離（一メートル程度以内）で十五分以上接触があった場合、感染の可能性が相対的に高くなっている方をいう。


距離の近さと時間の長さが一応基準であるが、実際、会社において管理者が濃厚接触者であるかどうかの判断はきわめて困難である。

新型コロナウイルスに感染しても無症状者もおり、その者が仮に通勤電車に乗っていた場合を想定しよう。東京都心へ向かう通勤電車は朝の通勤時間帯は四〜六月頃の緊張感も薄れてほぼ満員に近い状態に戻っている。いかにマスクをしていたとしても、一メートル以上距離を確保することはほぼ不可能であるし、小田急線ならば新宿から成城学園前まで隣に座っているだけで、濃厚接触者に該当してしまう。

社員に陽性者がでれば、「陽性と診断した医療機関」↓「管轄の保健所」へ届出」があり、その保健所から↓「本人」へ連絡がいき、「管轄の保健所」が「濃厚接触者」と判断されると「本人」へ直接連絡がいき↓「健康調査やＰＣＲ検査など」へと進んでいく。

多くの中小企業は社員間の距離を一メートル以上確保するほどの広さはない。マスクをすること、うがいをすること、定期的に部屋の換気をすること、アクリル板を設置すること、など対策は限られている。

また「濃厚接触者」かどうかの判断は、職場よりも家庭の方が深刻な問題となる。親子間の日々の接触はすでにその可能性が高いし、手のかかる幼子を抱えている家庭はさらに可能性が高い。また、「仲良い夫婦」は濃厚接触者の可能性が高いとして疎外され、「冷えた夫婦」が範となるとはまことに皮肉である。一九七七年（昭和五十二）ＮＹを襲った大停電は、翌年の出生数を押し上げたとも聞くが、新型コロナウイルス禍は翌年の出生数の減少に作用し、世界の人口増に歯止めがかかる、こと確実であろう。

地球号の適切な乗車定員は何人か？　新型コロナウイルスのミッションがそのための答えを人類に求めているとすれば、神の計らいはまことに残酷である。

（3）ソーシャル・ディスタンス

聞きなれない言葉に敏感はわが国民は、新しい言葉をすぐに使いたがる傾向がある。それはそれでいいのだが、意味を間違えて使い後から修正しようとしても元に戻すことはほぼ不可能である。新型コロナウイルス下で誤用されたソーシャル・デスタンスがいい例である。

「感染拡大を防ぐために物理的距離をとる」は、ソーシャル・ディタンシング（Social distancing）、

「人間の心理的な距離」を示すのがソーシャル・ディスタンス（Social distance）である。一九四〇年代以降、子どもの社会性に関する研究などで使われるようになり、エイズウイルス（HIV）感染者への偏見から社会的、心理的に彼らとの接触を回避する現象を表す言葉として使われこともあり、これが誤用の元になったようである。

日本ではソーシャル・ディスタンスが、「物理的距離」の意味で使われことが多く、今や多くの日本人は、ソーシャル・ディタンシングではなくソーシャル・ディスタンスと誤用している。こうした誤用はわが国に限ったことでないようで、世界保健機関（WHO）は、物理的距離であることを明確にするためにフィジカル・ディスタンシング（Physical distancing）に言い換えた。しかし、時すでに遅し、である。周囲を見回してもフィジカル・ディスタンシングと言っている人はいない。ましてはソーシャル・ディタンシングと言っている人も稀である。代わってソーシャル・ディスタンスと言う人が圧倒的多数である。そもそも、「ソーシャル・ディスタンス」の方が言いやすいのである。それに比べて、シングを付けて発音するって結構難しい。したがって、発音しやすい方を使っているというのが私の推論である。誤用であろうがなかろうが、「ソーシャル・ディスタンス」という言葉は、今年の流行語にノミネートされるだろう。

思うに、誤解を招く言葉を使うよりは、「人との距離を保つ」とか「一定の間隔を空ける」とか「人と人との距離は二メートル空ける」と言えば済むことであった。これが守れなかったならそれは「ソーシャル・デス・ダンス」（Social death dance）という皮肉な結末となる。

さて、日本語には、こうした状況を広くとらえた言葉に「間合い」がある。「間合い」は一般的には、①隔たり：「間合いを詰める」、②適当な時機、ころあい：「間合いを見計らう」、③舞踊・音楽などで調子や拍子が変化する間のわずかの時間、④剣道で向き合った両者の隔たり（デジタル大辞泉）で使われているが、これに限らず生活に根ざした多彩な事例に観ることができる。交差点で行き交う人々がぶつかることなく円滑に反対側に渡れるのも、「間合い」が無意識下で作用しているからである。物理的距離の確保は、日本人の互譲精神「間合い」意識で十分足りると思っている。

（4）手洗いの程度

新型コロナウイルス感染予防の観点から、マスクの着用、こまめな手洗い、人と人との距離（ソーシャルディスタンス）の確保、室内のこまめな換気を呼びかけている。どれも正しい予防策としては有効であると思うが、私は、これらの策が奏功するにはこれらの行動が習慣化しなければ意味がないと考えている。上記の対策の中では手洗いが一番有効であると思うが、習慣化の観点からは一番難しいように思っている。

多くの病原体は、のど、目、鼻の粘膜から感染する。これらの粘膜に病原体の付いた手で触れないために「手洗い」を行う。しかし、触れないつもりでも、人は無意識に「目をこする」「鼻をほじる」「唇に触れる」などをしている。結果、これらの行為は病原体が体に侵入することを手助けすることになる。免疫力が強く健康な状態ではこうした行為があっても病原体に感染して発病することはないが、なにかの拍子で体のバランスが崩れ免疫力が落ちたりすると発病するリスクが高まることになる。

手洗いは、衛生指向の高い日本人にはもっとも有効な対応策であるが、ただ、あまり神経質になるのは禁物である。ものごとには押しなべて程度というものがあり、調和することが大事である。洗い過ぎて（有益な）常在菌まで無くしてしまうのでは本末転倒である。

私は、政府その他が勧める「正しい手洗い」の順序（程度）に疑問をもっている。

手をぬらし、石鹸をつけてから「手の平と手の平をこすりよく泡たてる」「手の甲を、もう片方の手の平でこする（両手）」「指を組んで両手の指の間をこする」「親指をもう片方の手でこする（両手）」「指先でもう片方の手の甲をこすり、指先、爪をこする（両手）」「両手首までていねいに洗う」。所要時間は優に三十秒はかかる。これが適切な正しい洗い方かもしれないが、これでは習慣化にはほど遠い。この手洗い方法は医師やその他の医療従事者に求めるならまだしも国民全体にまで求めるのは不合理である。習慣化するにはもっと簡易な方法が推奨されるべきである。そもそも「正しい手洗い」でいう「正しい」とは何か？　手のひら、指、爪を合わせて十秒ぐらいで洗う程度でよい。なかには一日に十数回も洗っているとその清潔志向を強調する向きもいるが、洗顔するとき、帰宅したとき、食事の前、トイレを出たとき、就寝前など要所々々で十分である。手首まで洗い出したら行き過ぎである。

清潔にして感染予防策として有効であるためには限られた水資源との調和も重要である。「過ぎたるは猶及ばざるが如し」である。

私は、手洗いの有効性を認めてつつ、同時に「鼻うがい（洗い）」を是非お勧めしたいと思っている。

(5) 過剰予防対策

米ジョンズ・ホプキンズ大の集計によれば、新型コロナウイルス感染症による死者は二〇二〇年十月五日現在、世界で一〇三万人を超えた。感染者数は三千五百万人を超え、終息の目途が立っていない。日本の実態はどうかというと七日午前零時現在、感染者数は八万七七五六人で前日から五一〇人増加、死者は一六二九人で五人増加している。東京都だけに限定すると二万六八六九人で一四二人増加、死者は二人増えて累計四一六人である。

緊急事態宣言が発令された初期の頃は、東京都で十人も感染すれば大騒ぎになり、二十人ともなれば東京アラートが発令されるなど緊迫した空気に包まれたものである。そうした緊張感もウイルスとの闘いが長期戦とわかると次第に感覚も麻痺して、数値の増減に一喜一憂しなくなってきた。いまでは二百人を超えても「少し増えたかな」という程度で特に驚くでもなく、百人を下回って「ようやく減ったかな」という感覚である。都のアナウンスメントにしても、連日、感染者数を発表していたが、最近では都知事の姿をテレビで見ることもめっきり少なくなった。七月の都知事選で圧勝したことで勢いづき、安倍政権がコロナ対策に腐心しているときに、政府の対応策を非難し、安倍首相が持病の悪化で退陣するというニュースに一瞬頬の筋肉が緩む（映像はその瞬間を逃さない）、隙あれば国政に復帰し女性初の総理大臣に就任した姿を描いたにちがいない。しかし、神はその欲深さを嘆き……。

想定外の菅総理大臣の誕生は、国政への道を断たせた。そして、その瞬間から、彼女の最大の関心事は、東京オリンピックを是が非でも開催して華々しく世界にデビューすることに変わった。「世界に小池あり」。それゆえ、東京オリンピックは多少規模が縮小しようとなんであろうと中止になることだけは絶対食い止めなければならない。幸い、国民は日増しに感染者数に鈍感になっていく。専門家が言うまでもなく感染者がゼロになるということは当面ないのだから、気持ちは随分軽くなったはずである。夢は変容（昇華）し進化していく。

日本人の死者数が極端に少ない（アメリカでは二十万人以上）要因についてはいろいろ専門家の方々も言われているが、最大の要因は「日本人は衛生指向がきわめて高い」ことであろう。電車やバスの乗客のほぼ全員がマスクを着用している。手洗いについてもあらゆる機会にその効果を広報している。ただ、極端になれば病的である。例えば電車の中でマスクにフェイスシールド、さらにつり革に触れるのが嫌ってか手袋をしている方をときおり見かける。ここまで来るともはや日常生活を調和的に過ごすことはできないであろう。

死者の数だけでいえば毎年Ｃ型肝炎で亡くなる人は世界で百万人以上もいる。国内では約百五十万人の患者がいるとの報告がある。正しく恐れることが肝要である。

（6）実年齢より主観年齢

人には実年齢より若く見える人もいれば老けて見える人もおり、外見から実年齢を言い当てることは簡単ではない。

顔にできたシミ一つ、シワ一本、白髪一本で受ける印象は変わる。仕事疲れの顔、睡眠不足の顔、何かに悩んでいる顔は、精気を欠き老けて見える。一方、何かに打ち込んでいる顔、趣味人の顔、目標に向かって努力している顔、仕事が順調な人の顔、人間関係が良好な人の顔には勢いがあり、ハリと艶があり、実年齢より若く見える。

歩く姿勢にも年齢は表われる。背筋を伸ばして歩く人、リズミカルに歩く人、視線をまっすぐ前方に向けて歩く人、体を左右に揺すらずに歩く人には、物事に前向きに取り組んでいる積極さが見えて実年齢より若く見える。一方、肩を落とし前傾姿勢で歩く人、歩幅が狭い人、足取りの遅い人、体が横揺れしている人、視線が下を向いて歩いている人は、物事に自信を失っているような印象があり実年齢より老けて見える。

俳優さんが若い人の役から老け役まで上手に演じるのを見ると、よく人間の形態を研究されているなあと感心する。顔の表情と体の動きと姿勢がどのようになるとどのような印象を与えるか（受けるか）を常日頃から研究されている結果であろう。もちろん顔についてはプロのメイクアップアーティストが入念に表情作りをされているからであるが……。

さて、今、わが国は慢性的に生産年齢人口が減少しつつある。民間企業では、かつての五十五歳定年が六十歳に延長し、今六十五歳が標準になりつつある。そして、さらに七十歳までの雇用を確保するよう政府は事業者に向けて働きかけている。令和元年（二〇一九）の日本人の平均寿命は、女性が八七・四五歳、男性が八一・四一歳でいずれも過去最高を更新した。栄養状態がより改善され、医療技術も最先端科学と饗応してさらに発展したことが背景にあるが、直接的には三大死因であるがんや心疾患、脳血管疾患による死亡率が改善されたことが長寿化の要因と考えられている。それにしても昭和二十二年の平均寿命五十二歳に比べれば（江戸時代は「人生五十年」と呼ばれた）、想像もできないくらい人の一生は長くなったものである。

こうして、一生が長くなったのであるが、私は、自身が古稀を迎えたときに、世情（政治・経済・社会・文化・趣味など）に対する関心や身体能力（運動機能の良否など）や精神的高揚（信仰心、取組んでいる研究テーマ、社会貢献など）を勘案してその心的状態から何歳かをあてはめてみた。私自身が感じる年齢は何歳かという主観年齢である。それによると私は実年齢に〇・八を乗じるのが相応しいと結論づけた。つまり、七十歳ならば70×0.8＝五十六歳、七十五歳ならば六十歳である。労働政策等を立てる際にぜひ推奨してもらいたい基準である。

（7） 生活習慣病

生活習慣病という言葉はまことに便利な言葉である。言い得て妙でありその実相がさっぱりわからない。それぞれが勝手に理解し判断して納得している。

私が会社の定期健康診断で血糖値、HbA1c が高く、油断できないと会社近くの糖尿病内科で初めて受診したのは平成二十八年七月二日である。その時の HbA1c の値は九・二パーセントで非常に高く、医師が入院治療も視野に入れたほどであった。しかし、当面は飲み薬（シュアポスト0.5mg とエクメット配合錠ＬＤ）を服用することで治療方針が決まった。それ以降、現在に至るまでおよそ一カ月半の間隔で同じクリニックに通い、服用している。気がつくと四年と五カ月が経過している。今では血糖値は１３５前後、HbA1c の値は六・二パーセント前後で推移しており、いたって快調である。

生活習慣病とは、偏った食事、運動不足、飲酒、喫煙、ストレスのある生活を長年続けていると罹りやすい高脂血症、高血圧、糖尿病などの総称である。生活習慣病はサイレントキラーとも呼ばれ本人が気づかないうちに動脈硬化を進行させてしまうといわれている。これらは単独でのリスクもさることながら複数が重なることでよりリスクが増大する傾向がある。中でも肥満はこれらの誘因といわれており、中高年男性に多い「内臓型脂肪型」の人は特に注意が必要である。私の兄は、糖尿病の治療に真剣に取り組まなかったことで(薬も服用せず)で左下肢が壊死し切断という終末を迎え七十七歳で生涯を閉じている。

さて、私が初めて受診した際に、医師からは糖尿病であることを明言され、それが生活習慣からくるもので、今後は野菜を中心とした食事に切り替えること、甘いものは避け糖分を控えめにすること、酒類はできるだけ取らないこと、一日の摂取カロリーは一八〇〇キロカロリー以内に抑えること、適度な運動(一日八千歩、あるいは軽いジョギングなど)を取り入れることなど、これまでの生活習慣を切り替えることを勧められた。この診断はまことに一般論とすれば模範解答であるが、私には異論があった。

私が疑念を抱くのは、医師は私自身の生活スタイルにほとんど興味を示さなかったことである。つまり、私が一日、一週間、あるいは一カ月どのように過ごしているのか、食べ物の嗜好(肉料理か魚料理かなど)、どんな仕事をしているのか、なにか運動をしているのかなど、に対して知ろうとしなかったことである。ここまで介入すると一人あたりの診察時間が長くなり患者さんを満遍なく診察できないという問題はあるかもしれないが、特定の患者の指向を見出さなければ、適切な治療はできないはずである。せめて、次回受診までの期間の過ごし方を記録させ、提出させ、それに基づいて助言するのが良医でなかろうか。

（8） 家事分担と罹患率

近頃、「男子厨房に入るべからず」の言葉を聞かなくなった。言葉の由来は中国の『孟子』の「君子、庖厨を遠ざくる也」にあると言われている。孟子が王(君主)の道を説くにあたり使われた言葉で、「人情のある君主ならば、調理するために動物を殺している厨房に近づかないほうが良い」という意味合いである。これが転じて日本では、「武士道」「男尊女卑」の影響もあり「男は炊事に手や口を挟むべきでない、それは女の仕事だ」という価値観に至り定着したようである。少なくとも昭和の時代まではこうした固定観念が根強くあって男子が職業として料理人になることすら蔑まれていた。

そして、時代が変わり、近年では厨房のみならず家事全般に関わる男性が増えていることが、各種調査で明らかになっている。特に若い共働き夫婦の家事分担にその傾向が強く表れている。「男は仕事、女は家事」とする役割差(不文律)が強かった頃には考えられなかったことである。しかし、その分担率は欧米諸国の三〇～四〇パーセントに対し一〇～二〇パーセントと低く、緒についたばかりである。東京・東北・四国が高く近畿圏が低い。地域によって異なるのも面白い。

一言で家事といってもその種類は多彩で、料理、洗濯、掃除、片付け、収納、育児・介護、冠婚葬祭等のほかに、分類できない「雑事」も多い。

男性が家事を分担する背景には、共働き世帯が増えたこと、少子高齢化に伴い、子供の数が減り、子供を大事に育てたいという夫婦が増えたこと、高齢者の増加により不本意ながら認知症など身内に要介護者を抱えている家庭が増えたことなどに起因すると考えられる。

私は、自身の体験から家事の手伝いを始める時期は、小学三～四年生頃がよいのではないかと思っている。私の場合は年老いた母(今思えば五十代半ばであった)と台所に立って夕食の後片付けを手伝っていた。洗い終えた茶碗や皿をふきんで拭くのが私の役目で、母の隣で、その日の学校での出来事を話したり、悩みがあれば助言を求めていた。この時間は貴重で親子間のコミュニケーションの場でもあった。これが、成人し家庭をもつようになってからも、男が家事をすることへの違和感を抱かなかった理由である。

さて、男性の家事参加の効用はいろいろな立場から評価されているが、私は、どこかの大学の家政学部の学生が「男性の家事分担と病気の罹患率について」研究してほしいと思っている。厚生労働省も単に男性の家事への参加を呼びかけるのではなく、「男性が家事に積極的に参加する家庭の罹患率は、そうでない家庭の罹患率に比べ低い」(仮説)とするテーマで研究成果を募り、結果、「家庭の累積医療費は少なく、健康で明るい家庭が多い」ことを証明できないかと思っている。意義ある協力を惜しむ男性は少ないはずである。

(9) がん告知今昔

最近、がんと診断された社員が二名いる。いずれも六十歳台前半である。会社の定年が六十歳の時代であれば、それは定年後の社員個人の問題として扱われたものであり、会社の関与の及ばない事項であった。しかし、六十五歳定年制が一般的になると健康管理、労務管理の問題として会社も関与せざるを得ない問題になってきた。

その昔、がんが不治の病とされた時代には、がんと診断されると本人は絶望の淵に追い込まれ(死を意味した)、家族もまた生きる望みを絶ったものである。医師もまた、正式な病名を告知せずに似たような病名でごまかすこともあったと聞く(胃がんを胃潰瘍など)。

今、がんの治療方法は格段の進歩を遂げた。手術(外科)、化学療法(薬物療法)、放射線療法、のほかにも温熱療法や免疫療法と多岐にわたる。放射線治療でもX線、電子線などの外部照射のほかに、放射性同位元素を用いる小線源治療、小さな病巣を狙って照射する高精度な装置まで多種多様である。どの療法、どの機器が患者に最適かはデータから読み取る医師の能力に大きく依存するといえよう。

国立がん研究センターが十一月十九日に発表したデータによれば、平成十六年から十九年に診断された人の十年後の生存率が五八・三パーセントで、前回集計した十五年から十八年に比べ一・一パーセント上昇したことがわかった。少しではあるが向上している。標準的な治療を全国どこでも受けられるようになったほかに、国民の意識も変わり、がんと告知された後も前向きに生きようとする姿勢が（余命の生き方も含めて）延命に繋がっているように思う。

部位別生存率では、前立腺がん（九八・八パーセント）、乳がん（八六・八パーセント）、甲状腺がん（八五・七パーセント）と高く、胃がん（六六・八パーセント）は中位にあり、すい臓がん（六・二パーセント）、肝臓がん（一六・一パーセント）が低い。

以前はがんに罹患している事実の公表には非常に慎重であった。本人、家族はできるだけその事実を隠そうとした。その治療方法も担当医師の治療方針が尊重された。しかし、今日では、告知とインフォームド・コンセント（informed consent）：「医師と患者との十分な情報を得た（伝えられる）上での合意」が同時並行的に行われ、入院診療計画書が文書で示され、その了解のもとで本段階に進んでいるように思う。がんの告知＝死亡ではなく、難治ではあるが治る可能性を医師と患者が平等の立場で模索しながら克服していく。

がんと診断された二名の社員は、それぞれ、十一月末から十二月にかけて入院治療することになっている。ベテランの技術・技能は高く一日も早い快復を待たれるところである。

それにしても「がん」を「癌」と、「やまいだれに品物が山と積まれている様」と表記した漢字を、現代文明を享受する人類への警鐘と受け止めるのは、患者への冒瀆であろうか。

（10） ストレスチェックの有効性

平成二十六年（二〇一五）、労働安全衛生法が改正され、労働者が「常時五十名以上」の事業所（法人・個人）では、ストレスチェックを毎年一回、全労働者に対して実施することが義務づけられた。その目的は労働者自身のストレスへの気づきを促しメンタルヘルス不調を未然に予防すること、ストレスチェックの結果を活用して職場環境の改善を行うことにある。

ここでストレスとは、「精神的な負担や緊張、そしてそれらを引き起こす要因」を指す。

改正の背景には近年、若年層を中心に漸増しているうつ病など精神障害を原因とする労働災害、傷病による欠勤の増加等に起因する企業の生産性の低下、社会保険料など福利厚生費の負担増など、企業経営に及ぼす影響が看過できなくなったことが挙げられる。

当社においても平成二十六年から毎年、定期健康診断の実施に合わせて行っている。しかし、制度上、結果が本人に通知されること、本人からの面接指導の申出がないと医師による面接指導の実施ができないことなどが阻害となって、ただの一件も面接指導の段階に移行したケースを聞いていない。毎年一～二名うつ病者が出ているにもかかわらず、本人から面接指導を申出した者はいない。その理由は実施主体である企業の総務・人事部門の運営（啓蒙・普及）にも原因があるかもしれないが、労働者本人が個人情報の漏洩をおそれるあまりあえて企業に頼ろうとしないからかもしれない。

ここで改めて国が推奨する五十七項目の質問表（職業性ストレス簡易調査票）をみると、とりわけCの質問には首を傾げたくなる。「次の人たちはどのぐらい気軽に話ができますか？」（1）上司、（2）職場の同僚、（3）配偶者・家族・友人等。「あなたが困った時、次の人たちはどのぐらい頼りになりますか？」（1）上司、（2）職場の同僚、（3）配偶者・家族・友人等。「あなたの個人的な問題を相談したら、次の人たちはどのぐらいきいてくれますか？」（1）上司、（2）職場の同僚、（3）配偶者・家族・友人等。はたしてこれらの質問に正直に答える労働者がどれぐらいいるであろうか。人事評価への影響を懸念して正直に答えないケースが予見されるし、人事異動の対象として好まない部門への異動もありうる。となると必要以上に上司へ忖度する労働者も生まれよう。他方、上司によっては自己に不利益な回答をしたのは誰か暗に犯人捜しをする者も現れよう。ある調査によれば、ストレスチェック制度に「意義がある」と回答した企業は四六パーセントであり、その信頼度はまだそれほど高くない状況にあるという。

新型コロナウイルス感染予防を契機に、ストレスチェックの活用がより有効になると思うが、体力の相対的に弱い中小企業にとっては有効性の検証はまだまだ負担である。

（11）私の健康法　玉葱サラダ

健康は多くの人にとって身近で関心の高いテーマである。長寿社会にあって、さらに百歳まで生きようとする超高齢化社会である。その健康法を尋ねると、それぞれにこだわる健康法がありその多種多様さに驚く。食事法、運動法、瞑想的精神法、宗教的信仰など。

食事法といっても、食材の効能効果に注目して、大蒜、高麗人参、胡桃など強壮食材を取り入れる人、魚料理を中心にして肉料理を取らない人、ベジタリアンなど。運動法では、毎朝あるいは夜間に決まった時刻に一定の距離をジョギングする人、毎週決まった曜日にプールに通い水泳を楽しむ人、目標値を決めて室内でスクワットや腕立てをする人、山登りを趣味として各地の名山踏破を試みる人、庭で素振りをする人など。瞑想的精神法では自宅の広縁で座禅を組む人、写経する人など。宗教的信仰では、信仰する宗教で定まっている経を唱える人など……。そして、多くは自分の健康法が一番であると自負している。

健康法の目的は、ストレスに強い精神力、免疫力の高い肉体を獲得することで日々、元気にして活動・活躍ができることなど、これもそれぞれに異なってくる。いずれにしても自身が求める〝自己実現の欲求〟を満たすために健康管理が重要になる。

そこで、私の健康法を披露する。私の健康法は「スライスした玉葱にポン酢をかけ、それにアボカドを添えた野菜サラダを毎朝食べる」食事法である。これで、今日、もっとも罹患率が高いとされる、「認知症とがんにはかからない」と信じ、社員にも豪語している。その科学的医学的根拠というよりも、私の勝手な推論でありそれが心理的補強となっている。

「健康管理は妻に任せるな！」これは持論である。具体的に説明しよう。私は若い時から早起きである。毎朝午前四時から四時半には起床する。約一時間ほど先人の書いた著書を読む。例えば、現在なら『岡潔集　第二巻』(学研、昭和四十四年)である。いつの頃からか五時半すぎから簡単は朝食は私が用意している。理由は私の健康法を継続的に確実に実行するためである。

玉葱中サイズを半分に切り、おろしでスライスする。スライスした三分の二は私の分、残りの三分の一は妻の分、これにポン酢を加える。これまでコメ酢やワインビネガーを使ったことがあるが私にはポン酢が一番相性がいい。そして、アボガドを半分に切り、それぞれに加える。サラダのできあがりである。アボガドの代わりにスモークサーモンを加えたり、シーチキンやワカメを加えたこともあるが、やはりアボガドが一番飽きがこない。アボガドには関節炎予防効果があるという記事を読んだことがある。ひざ痛で悩む高齢者が多く、その予防効果が期待できそうだからである。

(12)　私の健康法　玉葱茶ほか

私の健康法は「スライスした玉葱にポン酢をかけ、それにアボカドを加えた野菜サラダを毎朝食べる」食事法であることは先に紹介した。ここでは、これに付随した健康法を述べる。

玉葱茶の飲用

剥いた玉葱の皮は捨てないで貯めて置き、一・五リットルに五グラム(計量器で測り、何度かしているうちに軽く一掴みで五グラムであるとわかるようになる）の皮を入れて、約十分煮たてる。すると色鮮やかな透明は琥珀色のお茶ができあがる。それは、高級ウイスキー、ビールの色にも似て美しい。無味無臭。癖がないから水代わりに飲用できる。近頃はいろんなお茶が製品化されて販売されているにも関わらず、未だ市場に出回らないのが不思議である。当社に訪ねてくる伊藤園の営業マンに商品開発のプロジェクトチームに提案するよう訴えているが、軽くあしらわれている。残念である。

　玉葱の効能は、一般的には「血液をサラサラさせる」作用があるといわれているが、その効能は五十数点に及ぶ。ここでは紙幅の関係でそのうちの数点を列挙する。

①血液中の不要な脂肪とコレステロールを溶かしてなくす。その結果、動脈硬化と高脂肪症を予防、治療する。

②血圧を下げる作用が顕著。その結果、高血圧の予防と治療に卓越している。

③インシュリンの分泌を促進し糖尿病を治療する。

④糖尿病によって現れる二次的な合併症の動脈硬化や高血圧はもちろん心筋梗塞や腎臓病、白内障などを予防、治療する、など。

　こうした効能は、皮にも含まれておりそれを煎じてお茶として飲用すればより効果的である。煎じるのを面倒だという人も一度は試してほしい。特に四十歳を過ぎた人には勧めたい私の健康法である。

玉葱臭吸引法

十数年前にどこかの民放テレビ局が英国エリザベス女王の健康方法を放映したことがある。その時に女王が習慣にしている健康法が玉葱をスライスした後のにおいの吸引（深呼吸）を数回くり返すことであった。気管に清澄は空気が吸引される（肺活量は自然に多くなり）呼吸器疾患予防につながる。花粉症対策にも効く。現在九十五歳と健在で、夫君も九十九歳と高齢にして健在である秘訣はこれでないかと思っている。私も毎朝、スライスした後に真似ており、早や、十数年に及ぶ。気持ちに余裕のある人はぜひお試しあれ。

(13) 歯の磨き方

今どき、歯を磨かない日本人はまずいないであろう。生まれて歯が生え出すと同時に母親は乳児に専用の歯ブラシで歯を磨くよう習慣づけていく。しかし、日本人にとってこの常識的なエチケットが習慣化されたのは意外にも高度経済成長期の頃からだと知ると驚く。

昭和三十年代の前半、私が小学生であった頃を振り返ってみると、普段歯磨きの習慣はなく、たまに都会に出ていた兄が実家に戻ってきたときに、歯磨きをしている様子が「都会的」で格好よく見え、歯ブラシを（親から）借りて歯磨きした覚えがある。一家に一本あればよい方で、それも皆で使い回していたのであるから、今日からみればなんと不衛生なことか。それでは、その当時子供たちはどうしていたかというと、裕福な家庭の子は歯ブラシを使って歯磨きをしていたが大多数は指に塩をつけて歯に擦っていたか、まったく歯を磨かずにいたように思う。甘いお菓子を食べる機会も少なかったこともあり、むし歯になる子も少なかったようで、（おかげさまで）私自身、今も健康な歯を保持している。

私の子供時分には、まだお歯黒をしていた女性がいた。私の両親が明治生まれ（三十年代）で、それよりも年輩の方であったから、おそらく明治十年代ぐらいまでは慣習として残っていたのではないかと思う。地方にあってはさらに後年にまで及んだと思う。

お歯黒の起源は、諸説あるが、古墳に埋葬されていた人骨や埴輪にすでにその痕跡があったというから千二百年以上の歴史があることになる。お歯黒をしている女性は口元がやわらかで美人に見えたとも言われ、江戸時代には既婚女性の習慣として全国に広がったようである。その効果は、むし歯になりにくく、歯槽膿漏の予防にもなったようで、今日のように歯磨きの習慣がなかった時代の人間の知恵であろう。また、人間の美意識も古代から現代にかけて変化したのも事実であろう。

平成元年より厚生省（当時）と日本歯科医師会は、「八十歳になっても二十本以上自分の歯を保とう」という、いわゆる「八〇二〇運動」を推進している。二十本の根拠は、「二十本以上あれば、食生活にほぼ満足することができる」ことに依る。

歯の健康維持が、認知症の発症リスクを抑え、要介護者にならずに長生きできるとなると（百歳社会が見えてきた）、国民の関心は一層高まる。

この二十数年間、歯ブラシは形状も機能も進化し、電動ブラシ、歯間ブラシ、奥歯専用ブラなど多種多様である。ただ、磨き方は旧態依然として表から見える部分（前歯の表側）を中心に磨いているが、これを、奥歯の裏側↓前歯の裏側↓奥歯の表側↓前歯の表側の順に磨くことを推奨したい。そして、歯四：歯肉六の割合で約二分間磨くのが理想的である。

（14） 歯産家

私は、三カ月に一回の割合で会社近くのA歯科クリニックへ通っている。この地区は他に三軒歯科医院があり激戦区だ。他の医院がインプラントを勧める中、Aは今の状態で虫歯治療すれば大丈夫と判断してくれたクリニックで、それ以来通い続けている。現在の院長は、年の頃五十代なかばの二代目である。初代は当社が現在地に本社を移転する前からこの地で歯科医院を開業していたというから、すでに六十年余の歴史あるクリニックである。

現在の院長はハワイがお気に入りらしく、院内には珍しい貝殻や民芸品が飾られ、ハワイアン音楽が流れ、来院者を軽やかな気分にしてくれる、清涼感あふれるクリニックである。

この院長先生は、治療（虫歯やぐらつきがないかをチェックし、歯石を取り、歯を磨く）を始める前に、必ず「原田さんの歯は、お世辞抜きで同年代の人と比べて、丈夫でいい歯をしていますね。皆さん歯槽膿漏の方が多いですからね」とほめちぎるのである。先日（十二月十一日）も同様にほめてくれるので、「シサンカですから」というと、すぐには理解できなかったらしく、少し間をおいて「歯は財産ですから」「ええ、ホントに歯産家です」と答えた。

歯の健康管理については、「歯の磨き方」の所で述べたので、ここでは、自分の歯は現在価値に換算したらどれほどの値打ちがあるか調べてみることにした。そして、それを他の資産額と合算したら、ひょっとして「富裕層」の仲間入りができるかもしれない。ゴルフがハンディをつけて勝負を楽しむと同じように、歯の現在価値をハンディとしてプラスした場合に、バーチャル資産家になれるかもしれないという淡い期待を抱きながら調べてみた。

平成十四年五月二十七日、東京地裁が、抜歯する必要のない歯を抜歯したとする損害賠償請求裁判で、請求を認容して歯科医師側に百五十万円の支払いを命じる判決が出されている。

私の現在保有歯数は、二十七本（虫歯なし）であるから、単純計算すると二十七本×百五十万円＝四〇五〇万円が現在価値となる。「資産家」の定義を「金融資産か実物資産を問わず、保有している資産の価値が一億円以上の人」とすると、辛うじてその境界線上にあるが、純金融資産保有額を基準とする野村総合研究所の分類では、「準富裕層」（純金融資産五千万円から一億円未満）にも届かず、その下の「アッパーマス層」が「私の居場所」である。

しかし、歯の財産性は、むしろ金額換算では計りしれない点にある。歯は「全身のバランスを保つ役割」を果たしている。その一例に、歯が少ない人ほど転倒しやすいことが高齢者を対象とした調査で判明している。歯の噛み合わせが悪い人は表情も暗くなるだけでなく、顔が左右非対称になる傾向がある、うつ病にも無関係ではなさそうだ。

「歯産家」になるには「虫歯になってから歯科へ駆けつける」のではなく、定期受診が肝要である。

V 世相

（1）児童虐待

児童虐待の勢いが止まない。流行に似て毎年その記録を更新している。全国の児童相談所が令和元年度に対応した児童虐待の件数は十九万三七八〇件で前年度より三万三九四二件（二一・二パーセント）増え、過去最多を更新したことが十一月十八日、厚生労働省のまとめで分かった。平成十一年度に一万件を超え、平成二十二年度五万件、平成二十七年度十万件、平成三十年度十五万件と、五万件の増加に要する期間が短縮しており、このペースでいくと令和2年度には二十万件を超える勢いである。虐待件数増加の要因については、統計を取り始めた頃とはおそらく内容に対する解釈も変容してきているように思う。例えば、かつては家庭内の「しつけ」の範疇にあった叱責や軽い体罰でも現在では許されない虐待にうつるように、人々の意識が高くなった分、より厳格になったと思う。それは本来的な虐待といえる身体的虐待やネグレクト（育児放棄）、性的虐待以上に心理的虐待（子供の前で配偶者に暴力をふるう「面前ＤＶ」や、他の兄弟姉妹との差別的扱いなど）が大幅に増加していることからも推測できる。

それでは、そもそも虐待の起こる原因はどこにあるか、これには専門家の方々がいろいろな意見を出されているが、私は以下のように考えている。

第一に、母親のストレスが極まっていることである。家事と育児と仕事を余裕をもってこなせなくなったことである。父親に相談し家事の分担、育児への参加を希望しても十分な支援には遠く、多くは母親の役割となっている。さらには介護の負担もあるかもしれない。こうした諸々をすべてこなそうとするとストレスが生じるのは当然で、そのストレスの発散は弱い立場の児童に向けられることになる。女性の社会進出がまだ珍しかった頃、育児は大家族の下で両親、祖父母、叔父叔母など親戚同士がうまい具合にそのストレス解消の役割を分担してくれた。それが核家族化により負担が母親に一極集中してきた。

第二に、格差社会、競争社会にあって他人より優位にありたいという焦りが怒りとなって児童にあたることである。格差社会は経済力の差をまざまざと見せつける。他人との相対的比較をみて劣位にあると考えると、日常のすべてに不満がつのり、喜べなくなる。自身が仕事を持っている場合で育児休暇を取っている場合には、同僚の動向が必要以上に気になり、本来喜ぶべき育児が負担、出世の障害であると錯覚するようになる。

最後に、育児（とりわけ三歳までの期間）は、自身の生涯の「記憶のない空白期間を分身である子供の育児を通して埋めることによって、連結し現在の自己が完結する」という考え・認識に至らないからだと思っている。やや宗教的であるが、それが最重要である。

（2）性教育と性暴力

今朝（令和二年十二月十一日）の産経新聞に「教師の性暴力　八割校内」の記事が載っていた。調査によると（有効回答一四九件）、被害を受けた相手は小学校教師が最も多く六四件、以下、中学校教師四五件、高校・高等専門学校の教師二八件だった。最初の被害に遭った場所は、教室六九件、体育館やプール二三件、そのほか校内二六件で、校内での被害が八割に上った。そして、最初に被害を受けた際、全体の八割近い一一六件が「被害だと認識していなかった」と回答している。

性暴力は、いつの時代にもあったし、男と女がいるかぎりこの世からなくなることはない。しかし、少なくとも私が小学生時代から中学生時代を過ごした昭和三十年代は、まだ、教師と生徒の関係はおおらかであったように思う。中学時代を思い出しても、「メケメケ」の愛称で生徒から好かれている美術の先生がいた。ちょっとエッチの癖があり、廊下ですれ違いざまに尻に触ったり、肩をポンと叩いたり、昼休みとなると校庭に出ては、女生徒を追い回しては遊んでいた。女生徒たちは、先生が近づくと嬌声をあげて一斉に逃げ出す。それを周囲は楽しそうに眺めている。鬼ごっこみたいな感覚だった。

こうした行為は、かつては許されたとしても、今日では許されない行為に該当するだろう。第一、生徒も親も学校や教育委員会へクレームを申し立てるであろう。この六十年余の間に、性暴力の定義もより広義になり、被害かどうかの判断も本人の感性を基準に、その女生徒が、不快と感じれば性暴力となる可能性さえある。

現在のわが国の性教育は、国の指針・学習指導要綱を基準としつつ、実施される地域や場所、学年によって多少の独自性を持たせているが、原則は保健・体育、道徳、特別活動などの授業として行われている。さらに、医師や助産師が依頼を受けてより医学的な知見を加えて出前授業が行われている。

　私が小学校高学年の時分、青森という土地柄もあって担任の先生が相撲が大好きで、冬の体育の授業は戸外に雪で造った土俵で男女混合の相撲をした。親たちも学校のすることにいちいち文句をつけることもなく温かく見守っていた。冬の間教室には番付表が張られた。横綱は女子が独占していた。上背があり体重に勝る女子の方が男子より相対的に強かった。男女混合であるから当然体に触れるわけで、恥ずかしい反面、うれしく、体育の授業がいつも待ち遠しかった。今にして思うと相撲の授業は最高の性教育の場であった。

　この時分に異性の体に触れておくと、成人してからも性暴力をするような教師にはならないというのが私の考えである。しかし、こうした授業も今は昔、まことに残念である。

（3）性犯罪の予防策

　性犯罪が後を絶たない。平成二十九年、神奈川県座間市のアパートで十五歳から二十六歳の男女九人が殺害された「座間事件」で、強盗強制性交殺人などの罪に問われた被告Ｓの裁判員裁判の判決公判が十五日に開かれる。「殺害の承諾の有無」が一つの争点になっているが、その本態はＳＮ

Ｓ（会員制交流サイト）を利用した巧妙な性犯罪である。

わが国の性犯罪に係る認知・検挙の状況等を、法務省「性犯罪に関する施策検討に向けた実態調査ワーキンググループ」（令和二年三月）によれば、平成二十七年から令和元年までの強制性交等の罪の認知件数は、平成二十八年は一千件を下回っているが、その他の年は一千件を超え、平成三十年には一三〇七件、令和元年には一四〇五件と平成二十七年（一一六七件）に比べ二〇・三パーセント増加している。一方、強制わいせつの罪については、五年間の平均が五七九八件であるが、令和元年は四九〇〇件で平成二十七年の六七五五件に比べ二七・四パーセント減少している。

性犯罪の予防策については、各分野の専門家や研究者がその対策を提案し講じているがこの犯罪の特質は、人間の（否、人類の）本源たる性に関わる二つの側面（快楽と種の保存）を持っている点である。したがって、いくら、道徳的・倫理的にそれが「悪」であると説いても性欲を抑制できない人間の性《さが》を押し込めることはできないのである。その人間の性を昇華する方法を（制度あるいはその代替案）工夫するのが人間の知恵であろう。

別項で触れたが、小学校の担任の先生に大の相撲好きの先生がいた。冬、雪が降り積もると雪で土俵を造り、体育の授業は相撲、それも男女総当たりの相撲である。寒さ対策もあったと思うが、普段触れることのない異性の肌に触れる機会であった。それはまた性教育の場でもあった。性に目覚める頃の貴重な体験である。小学生の性教育はこうした触れあいのある教育が奏功すると思っている。今日では絶対受け入れられないと思うが、これに代わる「ふれあい授業」の創造が求められる。「相撲」、今では懐かしい思い出である。

次は、公娼制度・赤線の復活であろう。識者の反対を承知でいえば、これによって性欲は満たされ、性犯罪に走る若者は大幅に減るであろう。その歴史は古く、鎌倉幕府には遊女を管理する遊君別当が設けられ、室町幕府は、傾城局を設けて宿駅での傾城（遊女）を統括した。近世から明治、大正、昭和に至っても特定の場所（赤線）の遊郭などが営業権を保証されたが、昭和三十三年売春防止法の施行によって、公的な制度上の娼婦は見られなくなった。

「猥談」が、性教育の隠れた教材であった頃は、「猥談」から性知識を得たものである。性犯罪の抑止効果も期待できたが、今どき「猥談」ができるのはバーやクラブぐらいのものである。『津軽艶笑譚』平井信作著（津軽書房）は抱腹絶倒の艶笑の宝庫である。

（4）ひき逃げ犯の防止策

ひき逃げ犯は後を絶たない。発生するたびに世間の厳しい指弾を受けることがわかっているにもかかわらず、いざ、自身のことになると瞬時にその認識は消え、本能的に逃避しようという行動に出てしまう。座学で知ったことを実学に活かすことは至難である。一〇〇分の一秒、一〇〇〇分の一秒での超短時間での判断は恐怖のなかにあって頭が混乱するのでしょう。

しかしながら、看過できない人命にかかわることゆえその結末は、厳しい裁きを受けなければならない。

ひき逃げとは、人身事故(人の死傷を伴う交通事故)の際に道路交通法第七十二条に定められた必要な措置を講じることなく事故現場から逃走する行為である。事故を起こした際には、直ちに運転を停止し(事故発生直後に現場を去らない)、負傷者の救護義務・危険防止措置義務を履行しなければならない。動転してそのままわずか五〇メートル行き過ぎても、犯罪は犯罪である。ひき逃げ事件のうち死亡事件に限ると、検挙率はおおむね九〇パーセントを超える。

最近では、平成三十一年四月に東池袋で発生した高齢者の運転する乗用車が暴走して交差点に進入し、歩行者・自転車らを次々にはね、計十一人を死傷(母子二人が死亡)させた東池袋自動車暴走死傷事故がある。加害者はいわゆる「上級国民」として逮捕を免れ在宅起訴され、現在も裁判が継続中である。加害者に反省の色がなく、挙句に自動車自体の欠陥が事故原因であると主張したために世論はブーイングしている。

直近では俳優の伊藤健太郎が、十月二十八日の夕方、千駄ヶ谷の交差点でバイクと衝突する事故を起こした。バイクに乗っている二十六歳の男性と二十七歳の女性にケガをさせながら現場から逃走した。俳優として、昨年秋のNHK連続テレビ小説「スカーレット」に出演して知名度を上げ、出演CMも十本を抱えている人気を博していたが、わずか数秒の判断の過ちで運命は逆転してしまった。「一生かけて償う」という言葉の軽さが印象に残った。

いずれも「逃げ」てしまう人間の弱さがさらけ出された事件である。この弱さは構造的に免許更新講習の中で実技を加えることで多少は改善されるのではないかと考えている。

先日、神奈川県公安委員会から高齢者講習受講通知書が届いた。来年春の免許更新には事前にこの講習を受講することが義務づけられている。私は、講習内容は運転能力の適否に加えて、衝突した際の（逃げ出さないための咄嗟のときの最初の行動について）体得することが重要であると考えている。同様に、高齢者以外の免許更新においても事故が起こってしまった際の対応について映像をみたり講師から講義を受けたりするだけでは足りず、実際に車から降りて警察に連絡するところ、救護するところ、を実技として加えるべきと考えている。

（5）定期購入品の解約

今年、不快だった一つに定期購入品の解約がなかなか進まないということがあった。近頃年齢のせいもあって、顔のシミが目立つようになった。ネットで検索することにした。検索してこれほどシミ化粧品の種類が豊富だとは知らなかった。そして丁寧にも、それぞれ商品の効果、価格や人気度が比較評価されている。財布と相談しながら自分に合いそうな商品を選択する。さらに詳しく説明する箇所へ導かれるようにサイトを開けると、すぐにでも悩みが解消されそうな美辞麗句がならびもっともらしい効能が記されている。

さらに販促戦略の殺し文句が、「定期お届け便」という価格割引策である。おおかたは、「初回一個分が通常価格・単品購入の半額でご購入できます。さらに定期にご購入していただくとその期間（毎月コース、二カ月コース、三カ月コースなど）に応じて、一〇パーセント以上の割引特典があります」。そして、顧客がいつでも解約できるように、「いつでもお休みできます、コースの変更も自由です」という安心を強調していることである。それにすっかりのせられて注文する。注文用の電話番号は大きく表示されているので、駆り立てられる。この時点で、解約についての詳しい決まりごとをしっかり把握しておくべきであるが、期待度が高く、後回しにしてしまう。

数日して注文した商品が届く。早速使用上の注意を読み、使い始める。しかし、一カ月経ち、二カ月経っても表立った変化は見えてこない。二回目に届いた商品には利用者の声を紹介したチラシが同封してある。三カ月以上使用し続けると効果が実感できるような声が多いことに気づく。二カ月〜三カ月続けても効果を実感しない顧客の解約を阻止するための引き留め策ともうかがえる。顧客が、このまま継続すべきかそれとも類似品に乗り換えるべきか思案する時期にあるからである。

注文した商品に見切りをつけて解約の意思を固める。注文の申込電話番号と違って電話番号は小さく表示されている。いざ記載されている営業時間内に電話をするが、何度電話してもつながらない。営業開始時刻と同時に電話しても、既に話し中で、「プープー」と何十回もむなしく鳴り続けるだけ、根負けして受話器を降ろす。作為的にオペレイターの数を減らしているのか、回線数そのものを最少にしている可能性がある。ＮＰ後払いでは、請求以外の手続きは契約に含まれていないといって購入店への解約申入れを求められる。なかには手紙・ハガキなど文書による解約通知は受け付けない場合もある。さもしい限りである。

それでは最後の手段にと、購入店所在の「管轄行政区の消費生活センターに告発するので次回商品発送を止めるよう」と、あえてハガキで出したら、ようやく理解できたようだ。

（6） 決済方法の進化

ここ十年、世相で大きく変化したものに決済方法の進化がある。モノやサービスへの対価は同じくモノやサービスで返す物々交換の時代から金銀などの希少性の高い有価物を経て、その後は長く貨幣や紙幣での支払いが定着していた。ところがこの数年の間に決済方法は目を見張るほどの進化をとげている。

早速、ネットで支払方法を調べてみると、大きく二つにわけて説明してある。

（1）インターネットで支払いを完了する決済方法

①クレジットカード決済　②自動引き落とし（継続課金）　③携帯キャリア決済　④電子マネー決済（プリペード方式）　⑤銀行ネット決済（ネットバンキング）など

（2）インターネットで支払いが完了しない決済方法

①コンビニ決済（ペーパーレス）　②ＡＴＭ決済（ペイジー）　③銀行振込決済（仮想口座方式）　④代金引換など

これらの決済方法の特長をよく理解してその都度、最適な方法で支払える人はいい。だから、コンビニなどでスマホを出して簡単に支払いを済ませている人を見ると羨ましいかぎりである。ただ、現在通帳残高がいくらになっているか自身の目で確かめないと安心できない輩には、決済方法もおのずと古くから利用している方法になる。

私の決済方法は原則として代金引換である。今から三十年近い昔、地区で手広くスーパーを経営しているオーナーから「サラリーマンが金持ちになるには、現金払いが原則で、クレジットなどはしないことだ」と戒められた。これが現在でも基準となっている。翻って今日では、現金決済だけでは円滑に買い物ができないこともあり、クレジット決済や自動引き落とし（継続課金）、ＳＵＩＣＡなどの電子マネー（プリペード方式）は利用している。最近コンビニ決済（ペーパーレス）ができなくて、店員さんの手を煩わせてしまったことがある。客が多く混雑しているときは「招かれざる客」になってしまう。このときはネットショップで「コンビニ支払い」欄にチェックを入れたばっかりに、指定の「お支払番号」をメモしてコンビニに行ったものの、端末の操作ができずに店員さんに一つ一つ手順を教えていただき、ようやく決済完了となったのである。

決済方法は個人の好みもあるが、カネの流れが見えないまま決済される仕組みにはどこか違和感がある。「電子マネー」と聞いて拒絶反応を示しているようでは、この先思いやられること甚だしい。

(7) 知事の公用車

新型コロナウイルス禍で地方財政が厳しさを増すなか、自治体の公用車のあり方がクローズアップされている。その端緒となったのは兵庫県が昨年八月に知事と議長用の二台の公用車について、それまで使用していたトヨタのレクサスから最高級車センチュリーに変更したことによる。県はそれまでも公用車をリースにしていたのであるが、車種を変更したことでリース料が一・五倍に跳ね上がり、県民から「税金の無駄遣い」という苦情や批判が多数寄せられたことで県議会でも取り上げられることになったものである。

車種変更の理由は、県の規定する走行距離を超えたこと、燃費がレクサスに比べセンチュリーの方がよいということである。ただ、車種の変更によりリース料が一台あたり七年間で一四〇〇万円から二一〇〇万円に増えたことである。一台あたり一年間で百万円の負担増となる。これだけをみれば、県の財政が安定して堅調な場合には大した問題に至らなかったであろう。ところが、今年になって想定外の新型コロナウイルスの影響で税収の落ち込みが懸念されるなかでの変更であるから非難の標的にされたのであろう。知事は変更の正当性を走行性能や安全性をあげて釈明に追われたが、「時すでに遅し」の感で県民の納得には至っていない。同じような問題は山口県でも発覚した。こちらは実際に公用車として使用する頻度が極端に少なかったこと（三年間に十三日しか走行しなかった）もあり「経費削減の時代に逆行する」とメディアに報じられることになった。そして、これらのケースが引き金となって自治体の公用車のあり方が全国的に問われることとなったのである。

思うに、今日、高級車といわれるレクサスクラスは、羽振りのよい個人事業主や中小企業の社長さんは結構使用している。さらに中小企業でも業績がよく社歴のあるところ、大手企業の経営者がその上のクラスを望むのもなんら不思議ではない。当社の創業社長（故人）も晩年はトヨタのセンチュリーを愛用した。自社の財務基盤が安定していることを内外に示す効果はもちろん、功成り名を遂げた経営者にとっては自身を誇示するためにも、社会的ステイタスの象徴として意味があったのである。その姿は自己実現の欲求の成果であり、仕事へのモチベーションを維持するうえでも重要だと思っている。

全国には公用車は約十二万台あるという。大多数が普通ランクの車で、最高級車の使用者は一握りである。私は率直に言って知事クラスはその使用者にふさわしいと思っている。そうでなければ誰が使用者にふさわしいのか、使用者を選別して多くを否定すれば、最高の自動車生産技術の粋を集めて開発する意義はなくなるであろう。県民もいちいち目くじら立てずに県政の結果をみてその適否を判断してほしいと思う。

（8） 中元歳暮の程度と範囲

菅原一秀衆議院議員(東京9区)が二〇〇六年、二〇〇七年に選挙区内の有権者へメロンやカニなどを贈ったとして公職選挙法違反(寄付行為の禁止)の疑いをかけられて経済産業相をわずか一カ月余で辞任に追い込まれたニュースはまだ記憶に新しい。

国会議員の贈答行為が公職選挙法に違反するとは由々しき事態であるが、その範囲や程度を斟酌することなく一律に禁止行為であるとして処罰することには違和感がある。

そもそも、中元も歳暮も、どちらもお世話になった方へ日頃の感謝の思いを伝えるために贈るものである。「中元」はもともと中国の旧暦七月十五日の「中元」に、仏教の年中行事である「盂蘭盆会」が行われていたことに由来する。その歴史は千五百年も前に遡る。日本では「中元」と「お盆」が結びつき、お盆の時期(七月から八月中旬)に贈り物のやりとりが行われるようになった。一方、「歳暮」は、「年の暮れ」を表す言葉で、毎年、年の暮れになると日頃からお世話になっている人へ感謝の気持ちを伝えるための「歳暮回り」という行事が行われてきた。十一月下旬から十二月中旬がその時期にあたる。

こうして長い間に、慣習として定着してきた中元や歳暮は、国会議員が選挙区外の人に対しては適法行為であるが、選挙区内の有権者に対しては公職選挙法違反(寄付行為の禁止)に該当し禁止されている。適法か違法かの判断が選挙区の内外を基準とするのもおかしな話であるが……。

おしなべて国会議員は国政にあって国民のために働く公僕である。しかし、その実態は自身が立候補する市区町村の有権者のために働く公僕である。したがって、面倒見がよい議員ほど、有権者のために働き、そのつきあいを大事にする。事務所は有権者の名簿を細かく管理し、後援会や地区の有力者をとりわけ大事にする。中元歳暮の色分けは礼儀と考える。そこには「金品をもって票を買収する」という意識はない。

　議員が初めて当選した頃、議員になりたての頃は、贈答品を配る範囲もごく少数で、その程度も身の丈に合わせて、せいぜい二千円から三千円程度のものであろう。しかし、当選回数を重ねるうちに、配る範囲も次第に増え、品物も中等品から高級品（五千円から一万円以上）へと値段も高くなる。つまり、長い議員生活は金銭感覚を麻痺させていくのである。いつの間にか罪悪感も薄れ、それが「重要な議員活動の一部」というふうゔに認識も変容していく。

　私は、こうした人間の欲求・業を責める気にはなれない。誰もが落ち入る陥穽だからである。むしろ、中元歳暮の一個あたりの価格限度額を定め、範囲も二百人とか三百人と定め、贈答の程度と範囲をオープンにしたらどうかと思っている。不正の温床と化すよりも透明である。

（9）代理人による通夜香典の許容性

　政治家の寄付行為は公職禁止法で禁じられている。最近では令和元年秋、経済産業大臣に就任して一カ月余で辞任に追い込まれた菅原一秀衆議院議員の例が記憶に新しい。当社が所在する練馬区（東京第9区）が選挙区であるだけに身近な事件として興味を引くのであるが、一国民の立場から虚心坦懐にこの制度内容を見てみると、果たして禁止規定は妥当なのか疑問が湧く。

　季節の贈答・儀礼として国民生活において慣習となっている中元、歳暮はもとより、その他、近所づきあいの範疇に入ると思われる香典、供花、祝儀、餞別など、常識的な範囲のものまで対象とされているのは、やはり行き過ぎではないかと思う。

　今回話題になった香典事件は、地区の有力者の通夜に秘書が香典を持参したことが違法行為に該当するとして炎上したものである。本人が直接持参するのであれば適法で、秘書が持参したら違法というのは、あまりにも政治家と有権者との関係を不正行為の温床として懐疑的にとらえており極端な予防処置ではないかと思う。

　ここで、改めて民法の代理制度を概観する。代理とは、代理人（秘書）が本人（議員）のために相手方（故人の遺族）に対して意思表示（生前のご厚情に弔意を表明する）をし、また、意思表示を受けることによって、直接本人にその法律効果を帰属させる制度である。

　この制度のおかげで、本人だけでは一行為しかできないが、代理人の見識を利用することで複数の行為が可能になり、その活動範囲を広げることを可能にしているのである。議員の活動は多岐にわたる。すべての行為を自ら行うことは無理で不可能である。議員の行為の幅と深さを補強するのが代理制度であり、秘書の行為は議員の活動の幅と深さを補強するものである。

　日頃、地元の発展のために活動している議員であればあるほど、地元の有力者と接する機会はおのずから増えていく。生前、ともに力を携えて地元の発展に貢献した有力者であればあるほど、その行為に感謝してお悔やみを申し上げたいと思うのは偽らざる真意であろう。

選挙区民の通夜で適法なのは本人が香典を渡した場合に限られ、秘書が焼香する場合はなんら実質的理由（議会日程でやむを得ない場合など）を検証することなく、形式的に違法行為として罰則を科すのは、「木を見て森を見ず」の結論である。

議員に違法行為に類する行為が目立ち、常識的でないと判断すれば、いずれ、選良な選挙民は、選挙において「否」に投票するであろう。まずは本人の自浄に期待し、それでも「一向に改善されないときは淘汰される」ということで良いのではないかと思っている。

(10) 不正論文の背景

かつて、男子の立身出世の鏡として「末は博士か大臣か」といわれたものである。それほどに博士号を取得することは至難で、取得は故郷に錦を飾る出来事であった。帰省すると町長さんが駆けつけ郷士の誇りともてはやし、歓迎の宴を開いたという話を聞いた。

今日、博士の社会的地位は低下し、なかには「博士号は足の裏の米粒である」と自虐的にいう向きもある。しかし、取得はそれ相応の努力の成果であり、依然として名誉なことに変わりはない。

博士号の相対的低下の要因の一つに不正論文の問題がある。私事であるが、平成二十年春に首都大学東京大学院社会科学研究科博士前期課程を修了、平成二十六年春に筑波大学大学院ビジネス科学研究科博士後期課程を単位取得退学した。その過程でよく耳にしたことを整理するとおおよそ以下のとおりである。

（1）テーマに関しオリジナリティ（独自性）を出しきれていない論文が多い。

インターネットの普及は、効率を優先して原書を深く読み込む努力を削いでしまった。なかにはそこに書かれている論文の一部をそのまま引用して（いわゆる「コピペ」）平然としている者もいる。先行者の研究と論文引用を抜きにして新規性のあるもの、創造的な論文を書くことは不可能に近いが、引用にあたっては先行者への敬意（出所の明示）が必要である。

（2）開花をじっくり待つ研究環境になっていない。

公的機関で働く研究者の多くは身分が不安定である。雇用期間は三〜五年と短く、この間に研究成果を上げ、政府の「競争的資金」を自ら獲得しなければならない。追いつめられた環境下にあって、データの流用と改竄の誘惑に手を染めてもなんら不思議ではない。

（3）博士号を取得しても（ポスドク）就職先が見つからない。

自然科学系や工学系でのポスドクの就職先はある程度見込めるとしても、全体に民間企業には「博士号」を嫌気する傾向がある。頭でっかちで実務的な応用力に欠け、高給で採用するほど魅力的には映らない。況や、履修した大学でさえ博士の受け皿は少なく、限られたイスを多数で奪い合う様相を呈している。それゆえ、少しでも競争優位に立とうとすれば指導教授に従順を誓い、論文不正に手を出すことは十分考えられることである。

（4）論文の査読等、審査が粗雑になっていて不正論文を見抜けない。

自然科学系の学部生の多くは大学院へ進学する傾向が強い。科学の進歩が著しく、学部の四年間で学びきれないことが背景にある。その分、論文数は増え、指導教授も詳細に目を通していないきらいがあり、不正論文を見落としている可能性が高い。

（11）政府広報とニュース

今、国の内外を問わず人々の最大の関心事は、新型コロナウイルスの感染拡大がいつ終息するかにあり、人々は、日々忸怩たる思いと恐怖の中で日々を過ごしている。そうしたなか、昨日（十二月八日）、英国でワクチンの接種が開始されたとの明るいニュースが流れてきた。

他方、わが国に目を転じれば、政府、東京都はじめ地方自治体によっては営業自粛要請や高齢者の不要不急の外出を控えるよう訴えているが、経済再生との調整の中で苦心している。

このように新型コロナウイルスの感染情報は、毎日、ＮＨＫのニュースをはじめ各テレビ局のニュースや解説などで取り上げられているほか、政府広報でも注意喚起を呼びかけているので国民はおよその現況を知ることは可能である。

しかし、私は、政府広報の認知度に疑問をもっている。内閣府のホームページによれば「政府広報は、政府の重要施策について、その背景、必要性、内容などを広く国民に知っていただき、これらの施策に対する国民の理解と協力を得ることを目的にしています」とある。

広報活動は、国内向けに、ラジオ番組やテレビスポットＣＭ、新聞、雑誌の各種媒体を活用するとともに、インターネットの活用（政府広報オンライン、政府インターネットテレビ）などもされている。また、海外向けには広報誌「Highlighting JAPAN」を発行し、英語や中国語などの外国語による広報を行っている。

広報担当者には取り上げる事項が時宜を得たものかどうか、その内容の編集等に日々ご苦労されていることに敬意を表するものの、果たしてそのご苦労が多くの国民に伝わっているのかどうか心配なのである。

とりわけ、わが国が直面している領土問題に関しては、もう一工夫足りないような気がする。つまり、国民の一人ひとりまで意識づけるためには、政府広報だけでなく、その内容をＮＨＫニュースはじめ各テレビ局のニュースのなかで一日に二～三回程度、一回あたり五分程度でよいので、常時『日本の主張』（仮題）として、国内向けと海外向け（夕方一回とか）に流すのである。外務省は海外広報担当官を増員し、さらに日本在住の外国人をスタッフに加え内容がより正確に伝わるよう陣容を整えるべきである。例えば、尖閣諸島問題であるが、「歴史的にも国際法上にもわが国固有の領土」であることを、先住して漁業が営まれていたことを（写真等の映像などで）、国境線が尖閣の外側にあったことを、伝えるのである。さもなければ、外務省は「尖閣は狭小の島嶼につき不要と思っている」と誤解されてしまう。国民には尖閣はわが国の領土であることを常日頃から意識させること、子供たちには義務教育課程でしっかり植え付けることが重要である。政府広報とニュースは車の両輪である。

(12) 天気予報と領土意識

私たちの暮らしに欠かせない情報の一つに日々の天気予報がある。勤め人なら通勤前には、その日の天気予報を確かめてから家を出る。ニュースを見なくても天気予報だけは確認する人も多いはずである。そして、出がけに雨が降っていなくても帰宅の時間帯に雨の予報だと折りたたみ傘ぐらいは用意して出かける。また、家庭を預かる主婦にとっては、洗濯日和かどうか、農家の人にとっては、天候が荒れる日は、種まきの日を延ばしたり、収穫の日を早めることもある。漁業を営む人は、海の荒れた日は出漁を見合わせることもある。天気予報は仕事から行楽に至るまで幅広く行動を左右する重要情報となる。

日本の天気予報は、多くは気象庁が発する予報に依拠している。加えてその精度の高さは九〇数パーセントと高く、世界でも有数の高さである。したがって、テレビ、ラジオをはじめ各種メディアの発表する各地の天気(晴れ、曇り、雨・降水確率、雪など)、風の向きと強さ、最高気温と最低気温、湿度、日の出・日の入り時刻など、ＮＨＫの気象予報士と民放局の気象予報士の発表する内容はほぼ同じになる。

こうして日常的に接する天気予報は、各都道府県別に南から北の順に発表されるのが通常である。このことでいつも不思議に思うことがある。それはわが国領土との関係である。

今、わが国は、領土問題として北方領土、竹島、尖閣諸島でその帰属についてロシア、韓国、中国との間で領有権を争っている。北方領土問題は北方四島(択捉島、国後島、色丹島、歯舞群島)の帰属問題で一九四五年の終戦によって不法に侵入したロシアによって領有権を失った地域である。今後の政治課題としてその返還に向けて強力かつ粘り強く交渉を重ねていかなければならない。それに対して、竹島も尖閣諸島も元来日本固有の領土であり、歴史的にも国際法上も明らかである。尖閣諸島については現にわが国が有効に支配している。それにもかかわらず、これらの島々がわが国固有の島であることを認識する機会があまりも少なすぎる。普及啓蒙し世論を醸成させる最強の有効策は、天気予報でこれら島々の毎日の天気予報を流すべきである。地図上でも位置を明示しながら流すのである。「本日の尖閣諸島の天気は晴れ、海は穏やかで……」「竹島は晴れ午後から曇り……」「択捉島の最高気温は八度……」など。多少の亀裂は覚悟の上、日常的かつ自然に意識づけることが肝要である。

平成二十四年、イギリスへ旅行した。ロンドンのバスターミナルでバスを待っていると、観光バスが現れた。その車体になんと「独島(韓国で竹島のことを指す)は韓国の領土である」と大きな政治広告がされていた。これを見たら英国人は、「竹島」は韓国の領土であると認識し、誰も日本の領土とは思わないであろう。わが国の広報戦略の弱さを痛感した。

(13) フリップの活用

近頃、プレゼンテーションにフリップ(Flip chart：説明用の表・図・グラフ)を活用している場面をよく見かけるようになった。なにについて説明しようとしているか容易に推察できるし、話の内容がよくわからない場合でもおよその理解が可能となるので有効である。

このフリップであるが、今年ほど数多く活用されたことはなかったように思う。東京都はじめ多くの自治体は、知事が新型コロナウイルス感染拡大の現況の認識や取るべき対策をフリップボードに書いて、カメラの前に立って説明し理解を求めていた。

例えば、東京都は、令和二年六月二日、新型コロナウイルスの感染者三十四名を新たに確認したと発表し「東京アラート」を初めて発動した。都内の感染状況を都民に的確にお知らせし警戒を呼び掛けるもので、都庁舎やレインボーブリッジは赤くライトアップで照らされた。

しかし、これにも問題があり、発動の基準が恣意的であるとの非難を受け、その後、初回を上回る感染者が出たにもかかわらず、二度と発動されることはなかった。「キャッチフレーズ好き」の小池知事に上手く乗せられたといわれても仕方なく、営業自粛を余儀なくされ経営不振に陥った中小・零細企業が増加したのは皮肉なことである。

フリップは「簡にして要を得る」効果的なツールであるだけに、利用する側の主観的意図が恣意的であってはならないし、ましてや自身のパフォーマンスに利用してはならない。

さて、このフリップの活用であるが、私は、もっと政府が有効に活用できないか、いつも物足りなさを感じてきた。例えば、去る十一月二十四日に日本を訪れた中国の王毅外相が、日中外相会談後の共同記者発表で沖縄県の尖閣諸島の領有権を主張したのに対し、「茂木外相がその場で反論すべきだった」などの指摘が相次いだ。茂木大臣は「尖閣諸島は歴史的にも国際法上も疑いなく、わが国固有の領土であり、解決すべき領有権の問題はそもそも存在しない」と中国側の対応へ強い懸念を伝えたと反論したが、文字通り信じた者は少ない。これでは外務大臣が対中国に対して弱腰だったと非難されても致し方ない。こうしたときにせめて「歴史的にもわが国固有の領土」「国際法上もわが国固有の領土」のフリップボードを活用して強く主張してよいのでないか。聴覚だけでなく、視覚にも訴える工夫が必要である。

そして、これは政府広報のあり方とも関係するが、政府は領土問題については、一日に数回、一回五分程度でいいから、歴史的にわが国固有の領土であること、国際法上もわが国固有の領土であることを、実際に住民が生活していた当時の映像を流すとか、戦後の国境線の事実を伝えるとかして国民に知らしめる必要(義務)がある。未来を託された子供達には真実を伝えておかなければならない。それがわれわれ大人の使命である。

（14）グラデーションとダイバーシティ

グラデーション(Gradation)と聞くと、なぜかダイバーシティ(Diversity)を連想してしまう。グラデーションとは、図面のなかで、位置に対して色が連続的に変化することである。

種類は大きくは、直線で平行している線形のものと放射状のものに分かれる。近年はいろんなデザインにグラデーションの妙が発揮されていて、その連続性の描写に高い芸術性を感じることがある。

数年前に、パリへ旅行した。生憎、搭乗便の出発が二時間以上も遅れるというハプニングがあった。エール・フランス機が機器の整備で遅れた模様だ。乗客はただ出発を待つ以外に術はなく、結局夕刻近くに離陸した。まもなくして青空が日没の夕景に変わっていく。日没時刻と飛行速度が同じなのか二時間近く夕景が続いていく。ブルーとオレンジ色の境界線がくっきりしていてそれぞれが線形のグラデーションとなって外側に溶け込んでいく。なんとも表現しがたい自然芸術の妙である。私は、この連続性に多段層の実相をみたような気がした。あらゆるものは多段層からなっており均一でないというイメージである。

これまでは「存在するもの」にはすべて対極するものがあり、その対極が一つになって天理(天然自然)があると考えていた。天理の基本的な性格はこの対立(矛盾)の統一であり、それが「二つ一つ」であると考えていた。つまり世界中のものはすべて、男と女、昼と夜、表と裏、火と水、北極と南極、天と地という具合に対立する二つのものからなる。しかし、それらは背反して戦うのではなく、互いが補う関係で成り立っている。したがってその間に問題が生じた場合でもその調整は比較的容易であると考えていた。

ところが、近年そうした視点からでは問題は容易に解決できないことが多く、解決までに長時間を要することが多くなった。それはなぜかと思慮を巡らすと、中間体の存在がかつてないほどに顕在化してきたことに気づいた。その中間体こそがダイバーシティ（多様性）である。

ダイバーシティはグラデーションそのもので色の連続性がそれぞれに個性を持っているためにそれぞれに見合った解決策でなければ納得し受け入れてもらえなくなったのである。例えばダイバーシティの一つであるＬＧＢＴ（性的マイノリティ）について考えてみよう。これまでは本人が、男性か女性かで問題の解決策を見出せばよかった。

ところが今日では、「からだの性（生物学的な性）」を出発点としてさらに「こころの性（性の自己意識）」、「恋愛や性愛の対象の性」ついてまで思いを巡らし、現に本人がＬ（レズビアン）かＧ（ゲイ）かＢ（バイセクシャル）かＴ（トランスジェンダー）かにより対応しなければならなくなったのである。社会の多様性を広く認めようとすると世論との間に亀裂が生まれるは当然である。

（15） 国勢調査

令和二年は五年に一度実施される国勢調査年にあたる。第一回調査は大正九年（一九二〇）に行われ、今回の調査は二十一回目にあたり実施百年の節目を迎える。前回の平成二十七年の調査による十月一日現在の日本の人口は一億二七〇九万四七四五人で、国勢調査開始以来初めての減少となった。昭和二十年の人口がおよそ七二一四万人であったから、戦後、日本は奇跡的な経済復興を成し遂げ、平和の恩恵のもと五四九五万人の増加（一・七六倍）を見たことになる。

国勢調査のたびに思うのは、その精度である。とりわけ人口については、一人単位で把握できることの驚きである。統計的処理がされての結果であろうが、回答率が前回平成二十七年十月二十日時点七〇・七パーセント（インターネット三六・七パーセント、郵送三四・〇パーセント）、今回令和二年十月二十日時点八一・三パーセント（インターネット三九・五パーセント、郵送四一・八パーセント）で、全員からの回答にはほど遠いにもかかわらず一人単位で把握する能力である。調査事項は国や地方公共団体における各種行政施策その他の基礎資料を得るために、毎回若干の見直しはされている。令和二年の調査事項でいえば、世帯員に関する事項（十五項目）と世帯に関する事項（四項目）の計十九項目からなり、平成二十二年の調査事項であった「在学、卒業等教育の状況」「従業地又は通学地までの利用交通手段」は復活したが（平成二十七年の調査からははずれていた）、「住宅の床面積」は平成二十七年時と同様対象に含まれていない（理由は不明である）。記憶が正しければ、かつては世帯の年収等も調査事項に含まれていたように思う。

国勢調査は、国の実勢を知る大事な資料を提供する。人口構成はかつて正に「ピラミッド」の形であったものが平成二十七年では第一次ベビーブーム、第二次ベビーブームを経て、その後の人口減少で底辺のすぼんだ壺の形（少子高齢化社会）へ進んでいること、四人に一人が六十五歳以上となっていること（前回調査で二六・六パーセント）、一般世帯の三分の一以上が「単独世帯」であること、二十五歳から三十四歳までの「未婚」の割合は男性五九・〇パーセント、女性四七・〇パーセントで男女とも調査開始以来もっとも高くなっていること、女性の労働力率（十五歳以上人口に占める労働力人口の割合）を年代別カーブでみると、昭和六十年代はＭ字カーブ（二十五歳から三十九歳が顕著に落ち込んでいた）であったものが、働き続ける女性が増えたことでＭ字は薄れてきていること、外国人人口も大正九年の調査では八万人（〇・一パーセント）が平成二十七年には一七五万人（一・四パーセント）となっていることなどである。

ただ、近年、プライバシー意識の高まりから回答を拒む世帯が増えたこと、さらには真実を回答しているか疑念をもってみる向きもある。今後は、マイナンバーカードを活用することにより調査事項を削除する方向で改善を図るべきではないかと思料する。

（16） 零とゼロ

数字の読み方でふと疑問に思うことがある。とりわけ「0」の読み方について、さてこれは零《レイ》と読むのかそれともゼロでよいのか。

日常、読み方で疑問に思うときはＮＨＫのアナウンサーがなんと読んでいるかを参考にしてそのとおりに読むのが無難である。私が中学から高校生だった一九六〇年代、ＮＨＫのニュースの顔として今福祝アナウンサーはあまりにも有名であった。温厚な人柄が子供心にもわかるアナウンサーであった。学校では国語の先生が「正しい標準語を身につけるには今福アナウンサーの話し方やイントネーションを真似なさい」というほどであった。

今でこそ、東北地方出身者もＴＶやラジオの普及で標準語を話せるようになったが（故郷の訛りを消し去ることはなかなかできないが）、その時分は、強い訛りが抜けずに自分の言いたいことの半分も言えずに随分肩身の狭い思いをした人は多かった。上京したものの訛りがきつく、仲間に笑われ自殺したというニュースも聞いたことがある（真偽不明）。

さて、標題の「0」の読み方であるが、ＮＨＫのアナウンサーは、数字を読むときは必ず「レイ」と読んでいる。他の民放のアナウンサーも大方は「レイ」と読んでいる。これはＮＨＫ放送文化研究所編『ＮＨＫ　ことばのハンドブック』が、整数として「0」は「レイ」と読むと定めているからであろう。これが基本となって他局も右倣いしているようだ。

しかし、和漢読みで通すのが正しいとしても、なぜか違和感がある。「ゼロ」の方が聞こえがよいのである。０３─５９９９─００００という場合、「レイサンの……」と読むよりも「ゼロサンの……」という方が記憶としてわかりやすい。政府発の場合は原則として「０」は「レイ」と読むとしても、日常生活では「ゼロ」と読む方がすっきりする場合が結構ある。例えば「零戦」(通常ゼロ戦と読み、レイ戦とは言わない)、「海抜０ｍ」(ゼロメートルと読みレイメートルとは言わない)。結局、こうして個々をみると慣習から固有の読み方になっているものなどはそれに従うことが無難のような気がする。私は「レイ」が言いづらいこともあって電話番号を尋ねられるときは必ず「０３……ゼロ・サンの」という具合に使っている。

先日、令和二年国勢調査が行われた際、インターネット回答利用ガイドが配布されたが、そのなかにログインＩＤの説明に「ｄｇｊｈ」「４５０５(よん・ご・ぜろ・ご)」とふりがながされていた。先の基準からすれば「よん・ご・れい・ご」とすべきところであろう。

読み方はむずかしい。例えば「Volks Wagen」(大衆車)はドイツ語読みでは「フォルクス　ヴァーゲン」であり、英語読みでは「ヴォルクス　ワーゲン」のはずだが、日本では「フォルクス　ワーゲン」と混交して読んでいるからおもしろい。

（17）　席の譲り合い

電車やバスに乗っていると、時々、ご自分の座っている席を他人に譲る光景に遭遇することがある。一見微笑ましいシーンであるが、意外と譲る側の思いと譲られる側の思いが重ならず、気まずい空気が漂うことがある。

譲る側にしてみれば、自分よりも見るからに高齢者であったり、身体が不自由であったり障害を抱えていると思えば、親切心や同情心から自然とそうした行動となるのだと思う。

現に、見るからにお年寄りが電車に乗ってくると、それを察知した人は概ね席を譲るために「どうぞ」と声を掛けたり、手招きして自席に誘導する。それを受けて譲られる側も素直に「ありがとう」と、その厚意を受けることが多い。このように多くは、互い助け合い自然で他意のない行為として美しいと感じる。

しかし、譲る側の思いが素直に受けとめられる例は意外と少ないような気がする。明らかに年齢差がある場合、例えば青年と老婦人という場合は譲られる側も「ありがとう」「すみません」とすんなりとことは納まるが、譲られる側に「厚意」と受けとめる心の余裕がないとそれは「不快で余計なお節介」となって、その申し出を固辞することになる。なかには露骨に「結構です」と不快な表情を浮かべる人、「次の駅で降りますから」はまだしも、「健康維持のために立っていますから」

となると、譲る側がすでに離席して立ちあがっているときなどは、元に戻ることもできず、気まずい空気が流れる、そして、そのまま次の駅まで空席となることもある。「厚意」の表現はまことに難しい。それゆえ、こうしてやっかいを嫌う人は明らかに弱者である人が乗車してきても「見て見ぬふり」や「寝たふり」を決め込む人もいる。

もっとも、電車の時間帯により乗客の特性が変わるから、いつもこうした光景に出くわすとは限らない。特に朝夕の通勤時間帯の電車やバスは多くのサラリーマン（勤め人）で溢れているから、そんな心の余裕がない人も多い。長距離通勤者であればなおさら勤め先に到着するまでの間に疲れては仕事にならないから、できるだけ、疲労度が少なくなる工夫を考える。電車音は心地よいリズムを刻むので睡眠不足の人にとっては最高のリラクゼーションの時間と空間とになる。それゆえ、駅に電車が到着すると我先に空席をもとめて座ろうとするのもごく自然の行動と言えよう。仮に空席がない場合でも、既に座っている人がどの駅で降車するか予め覚えている強者もおり、当人の前に立って、降車する駅が近づくのを待って、確実に席を確保する者もいる。

譲り合いは一見簡単そうで、その真意を伝えることは至難の業である。

(18) 礼を言う先の勘違い

乗合バスで見かける光景に、発車時刻にバスが走り出したと同時に手を挙げて乗り込んでくる人がいる。運転手は走り出したのだからそれを無視して進めてよいのだが、一瞬判断してそのまま進む場合もあれば、状況によっては停車してその人を乗車させて進む場合もある。そのまま進むか停車して乗車させて進むかは一に運転手の判断によるしそれは尊重してよいと思う。時間帯によっては次のバスまでに間隔があきすぎていたり、夜間であったり、お年寄りであったり、足が不自由な人であったり、雨天であったり風の強い日であったりと具体的状況はみな違うからである。

ただ、こうしたときに遅れて乗り込んできた人が、「すみません」とか「ごめんなさい」とか「ありがとうございます」とか礼を言うのであるが、大方はそのお礼の先は運転手に対してである。確かに運転手の判断で走り出したバスを止めたのであるから、そのお礼の先は運転手であるかもしれないが、バスが停車することで迷惑を被るのは既に乗車している乗客である。大方は小言の一つも言わずにそのまま無言でいるが、一刻も早く帰宅を急ぐ人、次の予定が押し迫って時間を気にしている人等々、その目的はそれぞれに異なるが、わずかな時間といえども貴重な時間である。第一に出端をくじかれると気分のよいものではない。

そこで、せめて、できることなら、運転手にお礼を言うだけでなく、乗客に向かって軽く会釈ぐらいはしてもよいのではないかと思う。本人にしてみれば、とてもそんな心の余裕はなく思いも及ばないことかもしれないが……。

ところが、先日、思いもかけない光景に出くわした。目から鱗が落ちる心地であった。その青年は、運転手に向かって「すみません」と言って頭を下げ、すぐに私たち乗客に向かって同様に「すみません」と頭を下げたのである。外見からして、いわゆる精神に障害を持っているように見えた。

数学者で文化勲章受章者である岡潔先生はその著書『岡潔集(第一巻)』のなかで、「情操の仕上げ時期」にしっかり情操の仕上げをしておくことが大事であると主張している。学年でいえば小学四年生頃までの時期が仕上げに適しているという。学校の先生の存在は大きく、それを家庭と共助することが求められるのである。

今日、私たちは知育のみに関心を示し、人の心の慈しみや悲しみを感じる心の教育を忘れがちになっている。この青年は、おそらく生来のハンディキャップを背負いながらも社会生活ができるまでに成長したのであろう。その努力は健常者には決して わからない。ただ、情操の仕上げ期に、良い教師に恵まれ、家庭愛にも恵まれた青年と推理した。わが身の狭小さを思い知らされたできごとであった。

(19) マスクのファッション性

連日、新型コロナウイルス感染者数が報道されている。昨日(十月十五日)は、都の感染者数は二八四人で八月二十日以降最多を記録したといい、今日は一八四人で二百人を割ったといっては一喜一憂している。報道の仕方で受け取る印象が異なるから報道側の印象操作が行われているのではないかと疑念を抱いてしまう。

さて、新型コロナウイルスにより、もっとも変化が著しかったのは、「マスクのファッション性」ではなかったかと思う。これまで、マスクと言えば、一般的に秋から冬にかけて咳やくしゃみ、鼻水など風邪の症状が出始める季節に感染予防のために使用するものであった。もちろん、人によっては夏でも使用する人はいたが、それは稀に見る光景でむしろ神経質な人という印象を与えたものである。また強盗犯や窃盗犯が身元が割れないように顔を隠す小道具としても使われる。夜間などに不審な挙動があれば職務質問の端緒となった。

ところが、令和二年の今年、状況は一変した。新型コロナウイルス感染予防には、マスクの着用、手洗い、人と人との距離（ソーシャルディスタンス）の三つが基本的対策として推奨された。なかでもマスクの着用は人々の日常風景を大きく変えた。第一に電車、バスの通勤客をはじめ公共施設やデパート、スーパーマーケットなどのショッピング施設では着用するのが普通となり、ほぼ一〇〇パーセントに近い人が着用し始めた。マスクを忘れて着用していないことになると周囲の冷たい視線が容赦なく突き刺さった。

マスクの形状と色の変化は、恐ろしいほど多種類になった。これまでは平面的なタイプ（平型）が主流であったが、口もとが広く呼吸も楽な（プリーツ型）が普及してさらに顔のラインに沿った（立体型）も珍しくなくなった。横から見ると鳥のくちばしを連想させるものもある。素材は「ガーゼ」と「不織布」に大別されるがその機能性から不織布のものが大勢を占めている。

色や模様は、各人の趣向がもっとも反映されやすく、白無地のほかに、黒、灰色、赤、黄色、緑、青と何でもありである。また、模様は、清楚なものから、着物地の文様、自身のイニシャルを施したもの、サイケデリックなもの、なかには自身の顔写真をプリントアウトしたものまである。機能面でも、単に咳やくしゃみによる飛沫の飛散を抑制することに飽き足らずより濾過効率の高いもの（例えば、医療用サージカルマスクなど）へと要求が高まっている。

さきに政府が配布したいわゆる「安倍のマスク」はガーゼでできた平型で、さらに小さいこともあって不評であったが、基本的な機能にシンプルな形状ゆえに、いまでは、むしろ斬新に思えるほどである。令和二年、マスクはファッション性を帯び、衛生用品としての脇役からおしゃれを楽しむ衣類の一部として主役に躍り出た一年となった。

Ⅵ 追憶

（1）　生活様式の違い

私の両親はともに明治生まれである。父は明治三十二年生まれ（一八九九年、十九世紀最後の年）、母は明治三十九年生まれ（一九〇六年）である。私は父が五十歳、母が四十三歳の時の子で、八人兄弟姉妹の末っ子として昭和二十四年に生まれた（一九四九年）。後に団塊世代と命名された出生数の一番多い年である。

同級生の多くは大正生まれの親を持ち、なかには昭和生まれの親を持つ同級生もいた。小学校の父兄参観日となれば和服姿の母の存在は、他の親たちを圧倒する存在感であった。

他方、明治生まれの両親を持ったことで、小学校も高学年の頃になると、同級生との生活様式との違いを知ることになりその違いに悩んだ。昭和三十五年、「もはや戦後ではない」。わが国が高度経済成長期を迎える頃からその違いは一層際立つものになった。

そのいくつかを列挙すると（上・わが家／下・同級生宅）

（1）洗面器　赤銅製（重い）／プラスチック製（軽い）
（2）調味料　醤油／ソースやケチャップ
（3）音楽を聴く　蓄音機／ステレオプレーヤー
（4）燃料　「ざっぱ」（杉を製材して産出される端材）または薪／石炭か石油

(5)飲料水　掘り抜き井戸水／水道水
(6)カレーライスの食べ方　箸／スプーン
(7)洗濯　盥に水を入れ洗濯板／電気洗濯機
(8)冷蔵　家の外の井戸桝(桶)で冷やす／冷蔵庫
(9)放送　ラジオ／テレビ

赤銅色の洗面器は重く、色鮮やかなプラスチック製は羨ましかった。衛生観念も薄いからタオルも皆で汚れるまで使い回していた。学校の健康診断で高学年の頃まで「トラコーマ」と診断されたのはこれが原因であった。飲料水は自宅から五〇メートルほど離れた共同の掘り抜き井戸からバケツに汲み天秤で担いで(台所の水甕へ)運ぶのであるが、同級生に見られるほど恥ずかしいものはなかった。テレビは昭和四十年の購入で数年の遅れがあった。観たいプロレスなどは近くの商店で(買い物して)見せてもらうのだが、これも辛かった。

今にして思えば皆懐かしいことばかりであるが、当時は文化的ギャップと経済力のないことを呪ったこともある。唯一の自慢は、自宅にお風呂があったので、よく近所の人がもらい湯に来ていた。今なら、これも不衛生、不潔といって忌避することだろう。

いま、私は生活格差やギャップを意識することもなく健康にして平穏に暮らしている。

（2）習癖

人は誰でも、習慣化した癖を持っている。別項で想像力について述べたが、ある程度の想像力を持っていると、その習癖の行きつく先が想像できるはずである。自身にプラスになる場合もあるが、一般的にはマイナスに作用する場合が多い。癖性分も似たようなイメージがあるが、こちらは、主に意志的特異性向に近く、斜に構えるとか、陰湿であるとか、吝嗇《ケチ》家であるとか、その性格的側面が強調される場合に使われることが多い。

酒の趣向といえば日本酒・大吟醸酒・冷酒が一番腹に染み渡る、相性がいいのである。ビールはすぐに腹が張って体が重くなる、ウイスキーはどうも味がわからない、ワインは二日酔いしやすい、焼酎も悪くはないが、父親がいい仕事をした日の晩酌は二十五度（アルコール分）、そうでない日は二十度と飲み分け、近くの酒屋まで買いに行かされていたことが想起され、ついつい敬遠する。次にコーヒーは、昭和四十年代の後半から飲用している。当時まだコーヒー豆を挽いて楽しむことが珍しかった頃、サイフォンで抽出していた。少しだけリッチな気分で原宿生活（新婚時代）を送っていた。

ところが、一定期間経過すると必ずといっていいほど鼻づまりに苦しめられるのである。日本酒＋コーヒーなのか、日本酒＊コーヒーなのか不明であるが、二つがそろって悪さを働くのである。

そのたびに当時、千駄木にあった漢方薬店で漢方薬を処方してもらい、二週間ほど土瓶で煎じて服用する。その間、アルコールとコーヒーはご法度である。そして鼻づまりが解消されると、また、性懲りもなく酒とコーヒーの生活が始まる。

あれから四十数年経っても、まだ、この悪循環は続いている。人間の欲深さはこのわずかの自制さえできないのである。鼻づまりの時は特に熱い汁物を食べられたものでない。口で息を吐きながら、「ハーハー」言いながらラーメンを食べる光景を思い浮かべてほしい。その苦痛を二度と味わいたくなかったら酒量を減らすとか、コーヒーの回数を減らすなど工夫をすればよいのだが、それができない。

早起きは学生時代からの習慣で今も続いている。新聞販売店に住み込みながらの苦学生だった。午前三時半頃から四時頃にかけて新聞が販売店に届く。トラックから梱包を地面に落とす音がドンドンと響く。それが起床の合図だ。早速、前日に用意しておいたチラシを新聞誌に折り込み、四時半頃から配り始める。

この時の習慣が今も習癖となって、すっかり朝型人間になった。現在起床時刻は四時三十分、目覚まし時計の力を借りずに起きることができる。生涯睡眠時間の不足を嘆くことはなく、むしろ覚醒時間の長さを喜んでいる。そのせいかどうかは定かでないが、いまだ健康な日々を送っている。「老年書生の境地」である。

（3）　正月

令和三年の正月ほど、賑わいの欠けた正月は近年なかったように思う。平成二十三年の東日本大震災後の平成二十四年正月も決して賑わいがあったとはいえなかったが、復興に向けた人々の決意が見えていた。それに比して、令和三年は終息の見えない新型コロナウイルスの脅威に怯えながら迎えた新年であった。

正月の情景も平成の世に入って大きく変わった。それまでは名のある企業は大抵玄関前に一対の大きな門松を立てた。個人宅でも比較的裕福な家庭は、小さめの門松や伝統的なしめ飾りつけて通りから見える形で正月を寿ぎ、神棚には「三宝《さんぼう》」に鏡餅をお供えして新年をお祝いした。加えて元旦は国民の祝日（俗に「旗日」）ということもあり、慣習として「日の丸（国旗）」を門に掲揚する家も多く見られた。

私が過ごした少年時代（昭和三十年代）は、正月はお盆と並んで特別の行事であったから、十二月に入ると、唱歌のごとく「もういくつ寝るとお正月」と指折り数えてその日が来るのを待ったものである。質素な生活に少しばかりの豊かさを実感する時であった。大晦日には枕元に真新しい下着や洋服が置かれ、元日になったらそれを着る楽しみ、喜びがあった。

父は何日も前から稲藁を叩いて正月飾りの準備を始めた。十二月三十日は、餅つきの日と決まっていて、母は朝早くからもち米をふかす作業に入った。多いときは四臼分の餅をついた（中学から高校までは餅つきは私の役目であった。奇数回で終わると縁起が悪いという言い伝えあり、毎年、高校を卒業するまで請け合うことになった。老境にあって結構な重労働ということもあり、作り話だったのではないかと思っている）。神棚に供える大きな鏡餅、納屋用の小さい鏡餅、そして家人が食べるのし餅。また、正月料理も数日前から取り掛かった。種類は多くないが「紅白なます」「昆布まき」「なまこの酢のもの」「鯛の焼き魚」などである。私の田舎は大晦日が「年取りの晩」で、囲炉裏を囲んでお膳が並び「一番のごちそう」を、炭火にあたりながら食べた、食べ終わると「一つ年を取った」。

そして、元日からは暮れに作り置きしていた料理をひたすら食べた（正月三が日、主婦が料理から解放されて休養できる日、先人の知恵だったと思っている）。懐かしい記憶である。

翻って、今日の正月は、飾りも簡素化し、門に掲揚する国旗もとんとお目にかからなくなった（初めてNYに行った時、ビルのあちこちから通り向かってアメリカ国旗が掲揚されているのを見て感動したものである。国威発揚には絶対必要だと思った）。

正月料理も手間暇かけて家庭で作るよりは、三段重の出来合いのおせち料理の方が品数も豊富でお値段もお手頃とあって人気が高い。懐かしい正月の情景は遠い昔になった。

（4） 初詣

私たち夫婦は、昭和四十八年から数年、新婚時代を原宿・神宮前で過ごした。表参道沿いの広い歩道には洒落た喫茶店が戸外にテーブルを出し、フランスから取り寄せたというカラフルで大きな郵便ポストがモニュメントとして設置されていたり、街全体がゆったりとして住民が少なかった分だけ静かな環境を満喫していた。歩いて十分もすれば明治神宮の森があり、日曜の朝などよく散歩したものである。参道に敷き詰めた砂利が歩くたびにシャッシャッシャと心地よく鳴り響く。その音を聞きながら本殿のある境内へ向かう。明治神宮は生活圏であったことあり、初詣は明治神宮に決めていた。

ご存じのとおり、明治神宮は、例年何百万人もの初詣客でにぎわう全国屈指の人気神社である。大晦日から元日にかけて電車も終夜運行し、最寄りの原宿駅や明治神宮前駅は深夜から初詣客でにぎわった。参道は往来する客で身動きできないほどに溢れかえった。

原宿生活が始まった頃は、この混雑のなか、それを楽しむように私たちも初詣していたが、ある時からそれがいかに愚かしいことかと気づき、暮れの三十日か大晦日のまだ明るい時間帯に変更した。元々あまのじゃくな性格の私は、元日に新年の幸を祈願する前に過ぎ去る年の一年に感謝を申し上げるのが先であろうと考えていた。一年の最後の日、大晦日に神社仏閣にお参りし、過ぎゆく年に感謝をするのが先であろうと。そのうえで、くる年の幸を祈願するのが正しいと。大晦日の祈願も元日の祈願も似ているようであるが、心の持ち方がまるっきり違うのである。

大晦日の午後、ゆっくりとした足取りで砂利の感触を楽しみながら境内へ足を運ぶ。この瞬間から祈りは始まっている。雑踏の中で歩むのとは違い、ゆっくりと歩みながら行く年を謙虚な気持ちで反省していると、次第に新年の意気込みと目標が明確に見えてくる。そして、境内に入った時には既に長い祈りは終わっている。境内は札所や大きな賽銭コーナーが設営されるなど初詣客を迎える準備がほぼ終わったようで静まり返っている。神殿に向かって手を合わせて「なにもいうことなし」の虚無の心境になり、やがて帰途につく。贅沢な至福のひとときで、それが私の初詣である。

人間というものは誠に欲深いものである。正月元日、無信仰者もこぞって神社仏閣に初詣する。そして新年が幸多かれと祈る。あの大勢の人混みのなかで、神仏はその願いを聞いてくれるだろうか。賽銭コーナーを覗いてみると紙幣はまれで、大方は硬貨で、所どころに五百円硬貨がある程度である。一年三六五日、わずか一日一円程度の賃料で、自身の体と命を借り受け、求めるご利益だけは大きい。なんとも情けない話と苦笑しながら帰途につく。

(5) ガキ大将と田舎の優等生

私の子供時分(昭和二十年代から昭和三十年代)には、身近に必ずガキ大将がいた。同年代の子供たちより少し体格がよくケンカに強いうえに弱い者には優しい頼れる存在だった。仲間が問題を抱えているとその相談相手にもなる。こうしたガキ大将は地区ごとに自然に生まれ、それによって平時は集落全体（子供世界）が均衡を保っていた。そして、仲間が言われなきいじめにあったりでもしたら、率先して子分を連れて敵（相手の）の陣地へ乗り込んで敵のガキ大将と渡り合った。それでも話し合いが決裂するといよいよケンカに及んだ。それは、国家間の戦争と同じである。ただ、今思うと不思議とケンカをして大けがをしたという体験はない。武器として使用した杉の枝でできた刀で打ち込んだり、石を投擲したものであるが、手加減を暗黙のうちにしていたように思う。今どきは、不良少年として扱われるであろう事件も、両者が仲直りをするための有効策であったのかもしれない。

　それゆえにガキ大将は、コミュニティで一目置かれる存在であっただけでなく、学校（クラス）においては担任の先生も一目置いていた。子供同士の争いごとは先生が介入せずともガキ大将が仲裁に入ることですんなりと納まることを知っていたからである。

　他方、クラスには必ず優等生がいた。私の体験からいえば、四月から六月までに生まれ子は、翌年一月から三月までに生まれた子に比べ、覚えもよく相対的に頭がよかった。幼少の六カ月の成長の差は教科書の理解力、物事の聞き分けや認識力において大きなアドバンテージとなっているから相対的に学力が高くなるのはあたりまえである。従ってそうした子は少学一年生でトップクラスにあると（勉強の面白さも加わって）そのまま優等生とし高学年に至るのが普通である。

担任の先生は、この優等生をときには自分の授業の代りに先生役をさせたりしたものである。学校の先生は、このガキ大将と優等生を巧みに利用して学級内の平穏を維持したともいえる。そうでなければ一クラス五十名に及ぶ大所帯を束ねることは不可能である。それぞれに役割がはっきりしていてそれに対する仲間からの評価も高かったから、両者への依怙贔屓は許される依怙贔屓であった。そして、なお記憶に残るのは依怙贔屓された者同士が相互共助の関係にあって仲が良かった。勉強ができる子はできない子を(補習の一形態)教える、ガキ大将は勉強以外の分野(例：野球やバレーボールなど)で存在感を示すことができたのである。

今日、依怙贔屓はいかなる理由があろうとも許されないのが原則である。すぐに「差別」とか「人権侵害」と短絡的に結びつける。しかし、過去のよき前例に学ぶことは多い。情緒ある人材を育成するためにはこうした関係性の醸成も重要ではないかと思っている。

(6) 周回遅れ

周回遅れで思い出すのは、小学時代の運動会での出来事だ。昭和三十年代、今から六十年も昔のこと、小学校の運動会は地区の大イベントだった。学校も農繁期を避けて調整してくれていたのであろう、地区の住民が大勢、朝から詰めかけ、思い思いの場所に陣取り(ビニールシートはなく多くは筵を敷いていた)、始まるのを今か今かと待った。

運動会が行われる場合には朝早く合図の花火が上がった。青空に花火の白煙が三つ四つ。開催が危ぶまれる曇天のときははらはらしながら合図の花火を待った。そして開催。午前のプログラムが終了すると、昼食は家族の待つ応援席で一緒に食べた。家族は前日から弁当の用意に余念がなく、それぞれの家庭が得意の料理を持ち寄り分け合う。辛い農作業からのつかの間の開放感が、運動会を一層にぎやかにしてくれた。

プログラムの中に、当時はパン食い競争とかラムネを飲み切ってゴールする障害物競技があった(今日では不衛生だと保護者からクレームの一つもあると思うが)。生徒にとっては楽しみな競技であった。上手な子は、綱に糸でつらされているパンを一瞬に口に運べる子もいたが、多くは綱が揺れてなかなか思うようぃかなかった。

私はラムネ競技に出たのであるが、速く飲み干すためにはビンの口元を少し開けて空気が入るようにして飲むのがコツなのだが、そんなことも知らずに(前もって練習もしなかったこともあり)ビンの口をまるまる口の中に入れたから大変、飲めども、飲めどもビンの中身が減らない。団塊世代だから人数も多く、一度に八人が一緒に走った。一人が抜け出し、次から次と抜け出し、7人全員が離れていった。そして皆ゴールしたのに私だけが取り残された。係が次の組のスタートの合図をしたいのが様子でわかる。ついに待ち切れなくなって、スタートの合図を出した。次の組が綱に到着し、ラムネを飲み始めた。そして、私がようやく飲み干して走り出したときに、次の組の一番手も離れた。そしてゴール。テープを切ったのが私の方が一瞬早かった。係が私に一等賞のバトンを差し出したので、それを受け取った。その瞬間、別の係から「違う、違う、その子は前の組の生徒だ！」と大きな声がした。私はすぐにバトンを返したが、なんだかうれしいような気恥ずかしいような変な気分になった。

　この競技は限られた距離での優劣であるが、人生は長い。周回遅れは、一見、劣後者に映るが、辛抱と耐久力を必要とする競技（生き方）に向いているのではないか。近頃、子供時分の事を思い出すことが増えた。夢に見ることもある。そんなときにこの運動会の一コマがいまも鮮明によみがえってくる。

（7）上には上が

私が日記をつけ始めたのは昭和四十一年（一九六六）、高校二年生の時である。誰からいただいたのか今では不明だが、手のひらサイズの小さな日記帳を手に入れた。最初は数行書く程度であったが、学校での出来事を書き出したら止まらなくなった。以来、現在（令和二年十二月）に至る。気づいたら優に五十三年の歳月が流れていた。

　過去の日記帳を改めて読み返すことはないが、一年の締めとなる十二月末にその年の主要事項をまとめる下資料として読み返すぐらいである。したがって、冊数にしたら何冊になるか数えたこともない。ここ十年は、八ミリ罫線が引かれたアピカ高級ノートパーソナル黒ＮＹ19を使用している。

三年日記のように制約がなく、書きたい分だけ書けるメリットがあり、年間三〜四冊使っている。
日記をつけて思うのは、本当に悩み苦しみ問題を抱えているときは、書けないということである。問題が収拾して書き留める気持ちになったときは、すでに真実は脚色されている。史実はこうして曲げられるのだと偉く納得する。この点が小説家とその資質において大きく異なるところであろう。いつだったか忘れたが永井荷風は、私生活の破綻も題材にしてしっかり書かれたと聞いたことがある。

　十代から二十代の頃は、小説家気取りで一晩に十数頁書いたこともある。そんなに書くことがあるかと思うが、青春を謳歌し、青春の蹉跌を味わえば題材に事欠かなかったのであろう。今は、とてもそんなエネルギーはない。「粘り強いこと、継続できることを証明できるものはなにか」と問われたら、臆することなく「日記を五十三年間書いています」と答えるであろう。その極意はなにかと問われたら「書き終わったあとの喜びは、のどかな春のような感じがするから」と答えるであろう。道元禅師が季節のうちで春をこよなく愛したように。

ところが、上には上がいるもので、昨年(令和元年)春、三月だっただろうか。日経新聞朝刊最終頁の「私の履歴書」に作詞家・作曲家の小椋佳氏の記事が掲載された。抒情的な「シクラメンのかほり」、難解な「愛燦燦」など幅広く活躍されているマルチタレントの氏が、中学二年生のときから今も日記をつけているというのである。私より五年三カ月先輩である。四年も長くつけていることになるから五十七年は続いていることとなる。乾杯！　完敗！

「どうしたらこの先輩の記録を破ることができるか」、社員に①氏の死後、少なくとも五年長生きすること、②今すぐ、氏にあの世へ旅立ってもらい、私が七十六歳まで生きること、と妙策を伝えたら、縁起でもないと一笑に付された。

しかし、世の中には本当に上には上がいるものだ。小椋佳氏といい、谷村新司氏といい、どんな頭の構造をしているのか、逆立ちしてもかなわない人がいるものだ。

(8) 畔

近頃、ふるさとの夢を見ることが多くなった。何の脈絡のないままに子供時分の情景が浮んで来る。古希を越え季節が冬ということもあり寂寥感が募るのであろうか。

次兄に連れられて行った陸奥湾で天然の牡蠣を美味しそうに食べている姿、苗代を作り田植えの準備をする父の姿、近所の手を借りて家族総出で田植えをしている風景、苗束を田植えする人の前方に投げ入れる自分の姿、収穫の秋に脱穀機を踏んでいる父の姿、小昼(「こびり」と言った)にやかんに冷たい井戸水をいっぱいにして運んでいる姿、花祭りに菩提寺の円通寺で母と甘茶をいただいている姿、中学校から帰宅して「ちゃぺ、ちゃぺ」と呼ぶと、はるか百メートルも先から「にゃ〜ん」と嬉しそうな鳴き声をたてながら飛び込んでくる飼い猫の姿、鶏小屋から生みたての卵を集めている姿など、際限なく当時の情景が夢に出てくる。

そうした懐かしい情景のなかでも一番の思い出は、田んぼの畔《くろ》を歩いている姿である。遠くに（下北半島で一番高い）釜臥山（八七八・二メートル）を眺めながら詩人気取りにゆっくりと歩いている姿である。

昭和三十一年（一九五六）、わが家は、自宅から十一町ばかり離れた所（約一二〇〇メートル）にある荒れ地を町から払い下げを受け、開墾して水田に造り変えた。広さは五反（一五〇〇坪）、小学校に入学したばかりの私も立派な労働力として手伝わされた。他に田んぼが五反、畑が五反あったから、この地域では平均的な農家であった。農業は父が国鉄を五十五歳で定年後に始めているから、少しでも耕作地を増やして生計を立てようとしたのであろう。

田んぼの畔は、私にとって学びの場であった。春、畔の色が枯草の黄から新緑に変わる頃、ひばりが囀る。声はすれども姿が見えない、唱歌そのままの情景がある。声の方角へ目を凝らし羽ばたきながら甲高く鳴く姿を見つけては妙にうれしくなったものである。他方、冬眠から目を覚ました蛇が日光浴しているところに出くわすことがある。瞬時に飛び跳ね難を逃れる。夏、田んぼの稲が穂をつけて膨潤になっていく。シオカラトンボが稲穂の周りを巡回する。秋、収穫の時期を待ちかねる農家の人々の賑やかな語らいが聞こえてくる。冬、静まり返った雪化粧の下で田んぼの畔だけはその盛り上がりですぐにわかる。イタチや野ウサギの足跡を見つけては喜んだ。

青春時代の始まり、高校時代は悩み多く多感な時期である。「月日は百代の過客にして、行かふ年も又旅人也、舟の上に生涯をうかべ、……片雲の風にさそはれて、漂泊の思ひやまず……」など、芭蕉の句を諳んじては、旅人気取りで人生とは何ぞやと自問した。

（9）アルバイト

私は、学生時代（昭和四十三年〜四十八年）の授業料と生活費はアルバイト収入によって賄った。当時、田舎から上京した者で身寄りのない者は「苦学生」として新聞配達員か牛乳配達員になってそれぞれの販売店に住み込み生活をする学生が多数いた。わずか二畳に満たない区切られた空間だけが唯一自由な場所であった。それでも、住まいと食事が用意されていたので不自由はなく、同じ境遇者同士が将来の夢を語り合う楽しい時代であった。

大学生は、昼はそれぞれの大学へ、受験に失敗した者は来春の合格を目指して予備校へ通っていた。住み込み員は主に学生か予備校生であったが、なかには素性のわからない、あまり過去を語りたがらない者も何人かいた。人件費を安くあげるには、学生や何かいわくありそうな者が使いやすかったのであろう。昭和四十三年五月の初任給は一万四千三百円。これを学費にあて、大学を卒業することができた。私の新聞配達員としての経験はわずか一年余であったが、このときの経験が今も随所に活かされている（早起き、短時間での熟睡）。

大学二年生からは文部省の所轄下にあった学徒援護会が運営する東京学生会館（当時西武新宿線下落合駅から徒歩一分、今はなし）に入居できたことで、生活環境は大きく変わった。アルバイトの斡旋は会館生に便宜が図られていたようで、おかげさまでお金に困ったときだけアルバイトをする生活ができた（一カ月の寮費は八百円だった）。当時の主なアルバイト先に大日本印刷がある（市ヶ谷）。印刷製本のアルバイトであるが午後八時から翌朝八時まで働いて二千四百円であったから一晩働くと三カ月分の寮費になった。月四～五回すると毎月の生活が成り立った。ここでは「見た目には楽そうな仕事には苦があること」を知らされた。印刷インクの染みを消しゴムで消す作業ほどつらいものはなかった。最初は簡単で楽そうでも指が疲れ、手全体が疲れ、腕が疲れ、右手から左手に持ち替えながら最後には全身の体重をかけて、わずか一～二センチ程度の染みを消すのである。新人ほど陥りやすい部署で、年下の社員によく仕事がはかどっていないと注意されていた光景を思い出す。

　アルバイト探しも上達してくると、付加価値のある職種を探すようになる。半蔵門の近くに東條会館という結婚式場があり、そこで皿洗いをした。皿は料理人の作った料理の見栄えを主張するもので、より美しくおいしく見せるには皿に汚れがなく清潔で光っていなければならない。ここでも年下の（料理人見習いと思しき社員）に叱責されていた学生をよく見かけた。

　皿洗いの特典は、上階の結婚披露宴での料理の余りもの（厨房へ料理運搬エレベーターで降りてくる）遠慮なくいただけることであった。田舎者には、豪華な料理など食べたことがなかったので（高級フランス料理など）、それは最高の贅沢であった。

（10）　神の声

神の声というと、「そんな超自然的なことが聞けるのか、聞こえるのか」と半ば疑いの目で見られる。

私たちは、長い人生のうちに何度か重大な問題に直面する。そのたびに、いずれの道を選ぶべきか選択に迷うことがある。自身で結論を出す場合もあれば、友人や知人、あるいは専門家に相談して決断する場合もある。いずれも自身に有利になるように計らうのであるが、それが結果として良い場合もそうでない場合もある。

私事であるが、今から四十数年前、大学を卒業して二年目のある日の午後、私は渋谷にある区立図書館にいた。毎日、十時間から十二時間、法律書を読み司法試験をめざしていたのであるが、自分には論理性、法的センスが足りないと感じていた時期である。多少惰性に流される日々の連続であった。「他人の喧嘩で飯を食う職業は因縁深く性に合わない」と言い訳しながら、いつものように法律書を読んでいた時だった、突然、母の声が聞こえたような気がした。「國夫、すぐに本から目を離せ、このまま読み続けたら気が狂ってしまう。すぐに本から離れろ！」と、しばし躊躇していると、今度は、強い口調の母の声がハッキリ聞こえてきた。私はびっくりして、咄嗟に本から目を離し、休憩室へ出た。

今、私には、弁護士の知己が数人いる。彼らが活躍する様をみて、若い頃は羨ましいと思った時期もあった。が、五十歳の春、三男が慶應義塾大学法学部に合格したとの第一報を受けた瞬間、長年劣等意識に苦しんでいた心のわだかまりが、引き潮の如く消え去ったのを覚えている。人間の欲深さとそれへの執着という呪縛から解放された瞬間であった。

それを機に「それぞれの特性にあった職業にあることがもっとも幸せである」と確信するようになった。それぞれの特性に活かされて社会は成り立っているのだと。母の声に従ったことが現在の幸せにつながっているのだと。この母の声こそ「神の声」なのである。

人は、自分の思いどおりに事が運ぶと大喜びし、思いどおりにいかないと落胆し嘆き悔やんだりする。しかし、それらはすべて「神には見抜き見通しであり、神の算盤に狂いはない」というのが持論である。その結果を受けとめ、「成ってきた理を思案して喜ぶ」ことができるよう心の修養をすることが大事である。

「神の声」は、ある人の口を通して自身に伝わってくる場合もあれば、自身が他人《ひと》のために神の遣いとして「神の声」を届ける場合もある。私は、人の人生は、皆それぞれに前生の因縁を背負って生きていると思っている。今ある姿がその因縁の姿である。「神」は、謙虚で素直な人が好きだから、他人《ひと》のために徳積みに励む人、善行する人に「声」をかけてくるのだと思っている。

（11）怖い体験 Ⅰ

長い人生には一度や二度、怖い体験をすることがある。体験は人それぞれに異なり、怖いと感じたかどうかも千差万別である。

例えば、自然災害を一つとっても、平成二十三年に発生した東日本大地震は二万人余の犠牲者を出し、いまだ行方不明者も多数におよぶ。被災した人のなかには故郷を離れたまま帰還できない人、家族離散して家庭が崩壊した人もいる。これらの人たちにとっては、津波や放射能汚染ほど怖いものはなかったはずである。また、令和元年に多発した台風による被害、とりわけ水害（河川の堤防の決壊による浸水や土石流など）で家を失い畑の作物に被害を受けた人にとっては台風が一番の恐怖で、それ以来、台風が来るたびに雨や風ほど怖いものはないと感じた人も多いはずである。また、犯罪（強盗、強姦、殺人、脅迫、詐欺など）に遭われた人にとっては、人そのものが恐怖となり人間不信に陥った人もいるであろう。その他、交通事故、海難事故、航空事故など、私たちの日常は、無数のそれも予測不能な恐怖に晒されている。

私は、幸いこれまで大きな自然災害や犯罪に巻き込まれたことはない。ただ、昭和四十三年春に上京した直後の五月に田舎が大地震に見舞われ間一髪で災害を免れている。まさに紙一重である。いま、近い将来関東大震災級の大地震が東京地方を襲うとされている。明日の命を保証する術はないが覚悟はしている。

さて、こうした私にも背筋が凍りつく恐怖の体験がある。

昭和四十四年の夏、大学に入学して初めての夏休み、東京の雑踏から逃れるように帰省した。このとき父は七十歳、母は六十三歳であり、私からはかなり高齢に見えた。兄や姉が早く家を出て、中学生の頃から親子三人で暮らしていたこともあり、少しでも年老いた両親の元で過ごすことが親孝行と思っていたからである。

子供の時分に遊んだ近くの氏神様の境内と地続きに広い牧場がある。日中、牛が放し飼いにされ草を食んでいる。その牧場の片隅に座って読書するのが日課になっていた。儀式があって、お気に入りの「ＮＹ」のマーク入りの野球帽を被ったまま、でんぐり返りしてから座るのである。でんぐり返りをすると帽子が脱げることが多い。その日も帽子が脱げたので拾おうとしたら帽子が見当たらない。草丈わずか二〇センチもない刈り込まれた牧草地である。脱げた帽子が何メートルも遠くへ飛んでいくわけがない。四方八方探してもついに見つからなかった。

翌日、再び探したが見つからなかった。これがＳＦ小説でいう「時空間のひずみ」で、私の頭すれすれに通ったのだと思った瞬間、背筋が凍りついた。帽子だけが異次元に吸い込まれたのだ。

夏休みの最後の日も牧場に出かけたが、再会することはなかった。

(12) 怖い体験 Ⅱ

平成二十九年八月十九日(土)、ＮＹにいる三男家族が夏季休暇を利用して帰国していた。お昼、会社近くのそば屋さんで久しぶりの再会を祝った。その後、私は仕事で職場に戻り、夕方そのまま伊豆宇佐美の別荘へ向かった。妻は、その日は孫たちと少しでも多くの時間を過ごしたいといって残り、翌日、宇佐美へ。その夜のことである。

昼、孫に会った喜びの余韻を日本酒を飲みながら楽しんでいた。標高五百メートルにある別荘は夜は漆黒の静寂に包まれる。しばらくしていつもの静かさとなにかが違うことに気づいた。そして、今がいつなのか思い出せなくなった。何年何月何日なのか思い出せない。不安になって部屋のカレンダーに目をやると六月になっている。「いや、六月のはずがない」と、ほかの部屋のカレンダーも確認するとやはり六月になっている。……数秒も経ったであろうか、「これがタイムスリップだ！　時空間のひずみに落ちて、過去に移動したのだ」。「どう考えても、今は八月だ。お盆に次男家族が宇佐美に遊びにきて、管理センター主催の盆踊りを楽しんだばかりだ。それに今日の昼は三男の家族とお昼にそばを食べたんだから……」。急に怖くなって「八月に戻るにはどうすればいいのだろうか。妻は、明日、私がいないことに気づきあわてるだろう。行方不明になったと子供たちに電話をするだろう。月曜日には会社に電話して出勤しているかどうか尋ねるだろう。会社の課の者は休むと聞いていないから、妻の電話に、行方不明になったと大騒ぎするだろう。家族はどこかで倒れていないか探しまわるだろう。警察には捜索願いを出すだろう。そしてやがて諦め、仮の葬儀が営まれるだろう」私は、異次元に迷い込んだ場所（日本酒を飲んでいた場所）にその時と寸分も違わないような姿勢で座り、神様に「どうか八月に戻してください」と何度も懇願した。「南無阿弥陀仏」「南無妙法蓮華経」「南無天理王命」と。どれぐらい時間がたったのだろうか。改めて時計の針をみると午後九時前だった。別荘に到着したのが午後八時十五分頃だったから半時間ぐらいだったのだろうか。ふと、カレンダーを見ると八月に変わっている。「戻れた！」。

この夜、再び時空のひずみに落ち込まないように、酒を飲んでいた場所には近寄らないようにして、ようやくテレビのスイッチを入れた。眠ってはだめだと言い聞かせ、翌朝まで大きな音響にして付けっ放しにした。グループサウンズがギターを弾いている。その大きな音が唯一の励ましになった。

この話を妻に話しても、真に受けて聞いてくれない。「きっと酔っていて夢でも見てたんじゃない」と笑っている。月曜日に出勤して、部下にその話をしても誰一人ホントの話と信じてくれない。時空のひずみはオーロラの揺らぎのように移動していくのだろうか。

Ⅶ 無題

（1）公衆電話の利用価値

近頃、街を歩いて気づくことは公衆電話がめっきり減ったことである。かつては、人の集まる場所、例えば駅の構内、公園、市街地の大通り、公共施設にはかならずといっていいほど設置されていた。ところが、二〇〇七年頃から携帯電話の一種であるスマートフォン（iPhoneやAndroid）が世界的に発売され爆発的に普及したこともあり（いまなお、老若男女を問わず携帯電話を所有する人は増え続けている）、公衆電話の利用率は一気に低下した。かつては全国に九十万台以上設置されていたものが、平成三十年（二〇一八）には十五万台にまで減少している。その原因は、通信環境が整備され、通信手段が多様化したことにより、時間的、空間的に制約されることなく、いつでも通話が可能になったからである。これまでなら、外出中に連絡が必要になったときには、公衆電話を探す必要があった。もし、先客があれば、通話を終わるのを待たなければならなかったが、携帯電話を所有することで公衆電話を探す必要がなくなった。それも一人一台があたりまえで共有することはめったにない。

いま、通勤電車の乗客の八～九割は着座をすると同時にバッグからスマホを取り出し、なにかしら操作を始めている。メールを発信する者、返信する者、パソコン機能を使ってゲームに興じる者など千差万別である。さすがに車内で電話することは他の乗客の迷惑になることから鉄道各社も禁じているが……。

こうしてみると公衆電話の役割は終わったかにみえるが、平成二十三年（二〇一一）に発生した東日本大震災の発生直後に電話回線が輻輳し通話ができなかったため、都市部では災害時でも繋がる公衆電話の重要性が改めて見直された。

「電気通信事業法」には、社会生活の安全性を考慮して、一定の範囲内に設置しなければならない旨が規定されている。いわゆるユニバーサルサービスの一環として法律によって設置が義務付けられているのである。しかし、皮肉にも平成二十四年（二〇一二）までは電話機の盗難防止の観点から設置場所は非公開であった。

私たちは非常時に携帯電話・スマホが使えなくなったときに慌てぬよう、日頃から公衆電話の設置場所を確認しておくことが重要である。そこで各市区町村が発行している防災マップを数点見てみたが、公衆電話の設置場所は記されていなかった。参考までに私の在住する川崎市多摩区の防災マップには。指定避難所、Wi-Fi、救急告示医療機関、警察署、消防署、市・区役所、災害時応急給水拠点、災害用井戸（飲料水）などは記されているが、公衆電話の設置場所は記されていない。過去の苦い体験を二度と味わいたくなければ、せめて次回改訂の際には「公衆電話の設置場所」は記載しておかれると便宜であると思っている。

（2）家庭内固定電話の利用価値

この数年、巷にはスマートフォン（スマホ）が溢れている。通勤電車やバスの中でスマホを触っていない乗客の方が珍しい。スマホを触っていない人は、読書をする人、音楽を聴く人、新聞に目を通している人、資格試験の勉強をしている人、英単語を暗記している人、仮眠をとる人とさまざまである。電車内では電話の使用が禁じられているので、スマホを利用して通話をしている人は少ないが、通信環境の整備された今日、通話は基本的には各自が所有のスマホなど携帯電話で用を足す人が圧倒的に多数である。

こうした現状にあって、家庭内固定電話の利用価値はなにかについて改めて考えてみた。

公衆電話の利用価値については、災害時に輻輳した場合にそれを回避するという、つまり携帯電話では繋がりづらい場合にも通話ができること、ユニバーサルサービスとしての社会的役割があることなどが挙げられていた。これに対して家庭内固定電話についてはその利用価値が問われている。

昭和四十年代頃までは、固定電話を引くことができる家庭は限られていた。地方ではある程度経済的にゆとりのある家や商店などが黒電話を引いていた。庶民には高価なものであった。（仮に）都会に住む子供から実家に急の連絡を取りたい場合には、わざわざ、呼び出してもろい隣家に駆け込んだものである。

やがて、各家庭に一台電話機が設置されるようになると、隣近所の事情も漏れ聞こえなくなり隣人との関係も薄らいでいく。この頃の電話機には通話機能に加えて家族の相互監視機能も付随的にあったと言える。例えば、年頃の娘のいる家庭では、外からかかってくる電話で娘の交際相手を知り、それを喜びあるいは諌めるなど、互いに家族の事情が推察できた。プライバシーの侵害といわれようと、親には安心な、娘には迷惑な親の干渉であった。

そして、今日の携帯電話の普及、近年のスマホの定着である。おかげで家族内のプライバシーは守られるようになったが、反面、家族の絆も希薄になった。親にとっては娘の行動が読めない不安な時代になった。そして、菅政権に至り携帯運営各社は携帯料金の一層の値下げを要請されている。いよいよ携帯電話の利用率は高まり、家庭内固定電話の利用価値は急速に低下しようとしている。

改めて、固定電話の必要性を見出すならば、固定電話を使用していると取引上の信頼性が高く、事業資金の融資や住宅ローンを組む際に審査がとおりやすい、携帯電話が突然故障して使えなくなった場合に連絡がとりやすい、などの利点が考えられる。結局、固定電話を廃止するか併用するかはそれぞれのライフスタイルに応じて検討する時代になった。

(3) 夕刊の使命と廃刊

夕刊は、夕方・午後に各家庭やコンビニなど新聞スタンドで配布・販売される新聞である。この夕刊紙が今の時世でその本来の使命を果たしているのであろうか。そもそも朝刊を含む新聞の発行数がこの二十年で大幅に減少している。統計の取り方で若干の違いはあるが、二〇一九年の発行部数について、新聞協会経営事業部の調査によれば、朝夕刊セットを一部として計算して一般紙（スポーツ紙を除く）で三四八七万七九五四部であるが、二〇〇〇年の発行部数四七四〇万一六六九部に比べると一二五二万三七〇五部減少している。これとは逆に世帯数は二〇〇〇年が四七四一万九九〇五世帯、二〇一九年は五六九九万六五一五世帯と九五七万六六一〇世帯増加している。このことから推測すると、この二十年間に世帯数は約千万世帯増加し、購読数が約千二百万部減少したことは、若い人たちが親世帯から独立して新世帯を持って世帯数は増加したものの新聞は購読していない、つまり、「若者の新聞離れが進む、読者層は高齢化している」ということであろう。

朝の通勤電車のなか、仕事帰りの通勤電車のなかの十人中九人はスマホを手に持って、なにかを見ているかゲームに興じている。一日の始まりに朝刊をチェックするという習慣は高齢者だけのものになったふうに見える。朝の通勤電車内で新聞を広げて読んでいたら座っている乗客から「目の前で新聞を広げられると圧迫されたようになるからやめてほしい」とクレームがついたという話を聞いた。現に先日私を訪ねて見えた生保の年配の社員が「新聞の頁をめくる音がうるさいからやめてほしい」と言われたと嘆いていた。

さて、こうした現況のなかで、私は夕刊の廃刊を提案したいと思う。新聞の第一の使命は時の政治、経済、社会で起こっている事象を一早く正しくに国民・市民に伝えることである。それに加えて文化、娯楽、趣味やスポーツ、日常の生活情報を多方面から情報発信することだと考えている。しかし、これらの使命は、とりわけ一九九五年にインターネットが普及し始めてから急速に様変わりしてきた。今や若者始め多くの国民はリアルタイムに日本のみならず世界の情報をも把握できるし、地方の些細な出来事まで収集できるようになった。

その中で、いまなお、駅の新聞スタンドに並ぶ一般紙とりわけ夕刊紙はどれほどの価値があるのか疑問である。夕刊紙を廃止している地方紙は数多いが、東京に限定すれば読売、朝日、毎日、日本経済はなお存続している。昭和四十年代初め新聞販売所の住み込み苦学生だった私は、日曜の夕刊休刊日をどれほど喜んだことかしれない。苦学生(新聞配達)が少なくなった昨今、紙面製作者及び配達員の就労環境の確保の観点、ならびに紙パルプの資源の保全の観点からも、夕刊の使命は十分果たされたとして廃刊してはどうかと思う。

(4) 小学校における英語教育

二〇二〇年度から、いよいよ小学校における英語教育が始まった。その背景には急激なグローバル化に伴い、外国語によるコミュニケーション能力がさまざまな場面で必要とされるためである。対象となるのは三年生から六年生で、三、四年生は「外国語活動」というカリキュラムとして、五、六年生は「外国語」という教材として導入されている。

早期英語教育の必要性は、すでに昭和五十年代から聞かさせてきた。そのメリットは、外国人とのコミュニケーションに抵抗がなくなる、外国に興味・関心をもつきっかけになるなどが挙げられる。一方、国語もおぼつかない年齢で、その効果を疑問視する意見も根強い。

今、私は七十歳を過ぎ、中学校に入学した昭和三十七年、初めて英語に触れた頃を思い出している。英語への関心は高くすぐにＥＳＳ部に入部した。英語の先生もとても熱心な方で文化祭では英語劇を演じたし、英語の音楽も良く聴いた（六〇年代のアメリカ音楽はそのリズムが体に染みつき、いまなお癒しの音楽としても聴いている）。あれから五十年余が過ぎ、海外旅行も一般のサラリーマンに比べればばした方である。また、時間をみつけては、今なお昼の休憩中ＮＨＫ第二放送の英会話を聞いて英語の音声に触れている。しかし、その結果は、ほとんど実用性のある英語力が身につかなかったということである。

海外旅行で簡単な英語を話せても聞き取れないことが多く、理解できないから返事に窮してしまう。有する資格は英検二級、ＴＯＥＩＣ六百点であるが、そのレベルである。

卑近な例で恐縮であるが、息子家族は今、アメリカに住んでいる。孫が八歳のときに試しに英検準一級（高校三年から大学一、二年程度：社会生活で求められる程度）を受けた。結果は合格である。そこでＭ＆Ａを業としている知人（スタンフォード大学に留学してＭＢＡ）に「一級に合格するには何が必要ですか？」と尋ねたところ、「日本語の語彙を増やすことです」と明解なアドバイスであった。

思うに、語学というものはやはり必要に迫られて初めて身につくもので普段の生活に根付かない勉強はほとんど意味がないということである。日本に在留する外国人、例えば、大相撲の白鵬、鶴竜はじめ相撲取りの日本語の上手なこと、それは死活問題と直結していればこその姿である。それに比べれば、例えば、日本人による英語の車内アナウンスなど、日本語なのか英語なのか判別できないほどお粗末なものが多い。

そこで、提案である。小学校で必修を通すのであれば、各学年で知るべきフレーズ（共通）を百程度に抑え、卒業までに四百程度のフレーズを徹底的にたたきこみ覚えさせることである。「This is a pen」を誰もが知っているように。それ以上を望むなら外国人講師を各校義務づけることである。

（5）英検受検者の増加策

今日、英語力を計る指標は多種多様である。なかでも公益財団法人日本英語検定協会の実施する実用英語技能検定（英検）は、日本の英語力を計る草分け的検定試験で一九六三年（昭和三十八）八月に第一回検定が実施された。クラス一級・二級・三級が設けられ志願者数は三万七六六三名であった（Wikipedia）。昭和三十八年といえば翌年には東京オリンピックを控え、同じく東海道新幹線の開業のための準備も最終段階を迎えていた。海外からの観光客も急増が見込まれ、英語能力の向上が急務であったという時代背景がある。

英検の人気は、現在も高く、年間受検者数は三百万人を超えている。クラスも三段階から一級から五級、さらに準一級と準二級を加えると七段階に増えている。検定内容も筆記試験、面接委員との個別面接（Ｑ＆Ａ、スピーチ、自由会話）のほかにリスニング、アティチュード（コミュニケーションを計ろうとする態度）も採点されるようになった。

こうした私も、高校三年の夏に英検二級を受検している。回数も浅く、全国的に普及していなかった時分である。二次試験は県庁所在地・青森市で行われ、高校生はごく少数だった。受検番号が最後だった私は、口頭試問が終わって退室しようとすると、面接委員から「疲れた。ちょっと肩を揉んでくれないか」と声をかけられ肩をお揉みした記憶がある。「これで、合格」と確信し喜び勇んで帰途についた。のんびりした時代の試験であった。

今日、英検の種類も増え、ＴＯＥＩＣ（国際コミュニケーション英語能力テスト）とＴＯＥＦＬが有名である。前者はビジネスにおける日常会話を想定した英語能力を判定する際に用いる。世界一五〇カ国で年間約七百万人、日本では年間二六六万人（二〇一八年）が受検している。後者は英語圏の高等教育機関が非英語圏の出身者を対象に入学希望者の英語能力を判定する際に用いる。ＴＯＥＩＣは一度だけ受検している。かつてＩＢＭ社が部長昇進のための最低条件としてＴＯＥＩＣ六百点が必要と言われたことがある。自身のスコアを確認するために受検した。結果は六百点ちょうどだったのに驚いたものである。

さて、私の実力はまったくあてにならない。使いものにならないというのが結論である。よく海外旅行もしたが、肝心のことなるとそれがＹＥＳなのかＮＯなのかわからない。ラジオ講座では聞き取れても、現地では全く聞き分けられない。わが身の努力を怠りながらも日本の英語教育（制度）の弱点を痛感している。

最後に、シニア受検者はこれからも確実に増えるであろう。そこで、シニア専用会場を設ければ若者に気後れせずに受検できると思う（試験会場に入る際に試験委員と間違えられ丁寧に挨拶された気恥ずかしさが今も残る）。受検者倍増の妙薬である。

（6）iPS細胞とサンマのしっぽ

私が小学生の頃、なにかの雑誌で、科学が進歩すれば将来、「人間はいずれ人造人間を造ることができる」という記事を読み半信半疑ながら信じたことがある。また、あるときは同級生から「透明人間」になるとどんなことができるかを聞かされ、その様を想像したことがある。高校に入学して物理かなにかの授業のときに、先生に「人間は瞬時に細胞単位に自身の体を分解することで、他人の体を貫通できるのではないか」と尋ね、皆の前で冷笑されたことがある。さらに如何に科学が進歩しても人間は本物の「サンマのしっぽ」を造ることはできないとも言われた。そこに科学の限界があり、それを可能にするのは神のみである。人間・科学はかぎりなく神の世界に近づくことはできてもそこには厳然たる境界があると。

平成八年（一九九六）、世界初の哺乳類の体細胞クローン羊、ドリーが誕生した。今あるものと同じものを造ることは、神への冒涜であるという宗教的、倫理的問題を尻目に研究された成果は世界を驚かした。その後もウマやウシといった大型哺乳動物のクローンが誕生していった。絶滅危惧種の動物の保護など、いくばくかの納得しうる理由はあるものの、究極のクローン人間の誕生には反対意見が多く、その誕生には至っていない。

そうした時代を経て、今日、脚光を浴びている科学分野にiPS細胞の研究がある。いまでは、誰もが「iPS細胞」という言葉は聞いて知っている。とりわけ二〇一二年京都大学の山中伸弥教授がiPS細胞の研究でノーベル生理学・医学賞を受賞したことで広く知れわたるようになった。しかし、「iPS細胞とは、本来、分化多能性を喪失している体細胞に特定の遺伝子を導入することによって、人為的に誘導される多能性幹細胞の総称である」と言われても、それを理解しその形態を想像できる者は、特定の研究者や実用化に取り組む技術者を除きごく少数である。一方、国民の創薬や医療応用への期待はますます高まっている。

なかでも早期に実用化が期待されるヒトiPS細胞の利用の創薬研究では、ヒトiPS細胞由来の心筋細胞、ドーパミン神経細胞、肝細胞が既に市販ベースにある。また、細胞移植治療に向けた基礎研究も活発に進められている。その他、例えばパーキンソン病患者のiPS細胞由来のドーパミン神経を異種移植したラットにおいては、運動機能の改善がみられるなど再生医療への期待も高まっている。
　このように iPS 細胞は、医学、生物学などに多大な恩恵をもたらす技術であることはわかってきたが、その有用性を損なわないためにも、品質保証や安全性を含め、生殖倫理や法的整備についてたゆまぬ議論が必要である。私は、山中教授はじめ iPS 細胞の研究に深く関わる人ほど神の世界を知り畏敬の念を持って対峙している信仰者であると信じている。

(7)　ＡＩでやらせてみたいこと

ＡＩ(artificial intelligence)エーアイ、人工知能とは、「これまで人間にしかできなかった知的な行為(認識、推論、言語運用、創造など)を、どのような手順(アルゴリズム)とどのようなデータ(事前情報や知識)を準備すれば、それが機械的にできるか」を研究する分野である(Wikipedia)。

　その応用分野は、物の製造から軍事利用、人権問題さらには哲学・宗教・芸術まで広範に及ぶ。先日、ＮＨＫの番組で、「母子を銃殺したと思われる画像」から、それがいつ、どこで撮影された映像かを割りだし、関与した国、軍、実際に銃殺した兵士の名前、首謀者を突きとめて、虐殺の真相に迫るというものがあった。その他にも中国がウイグル族への再教育の名のもとで行われているという教育施設が実際は監禁施設であり、建物が近年増築されていること、施設の周囲に見える移動車(?)の数やその他の情景の変化から、遠方まで強制労働に駆り出されている真相についても放送されていた。まさにＡＩの応用により人権侵害の真相が暴かれた瞬間で、真相を突きつけられた中国はあくまでその事実を否定したが、世界はそのままには受けとめていないようである。それほどにＡＩによる解析力は科学的根拠に裏付けられているのである。なかには真相を認めざるを得ないために苦しい釈明に追われているシーンも映し出されていた。

こうした業に携わる人たちは豊富なコンピューター知識と多言語を操れるマルチな能力の持ち主で、世界各地に信頼性の高いデータを有する者とのネットワークにも長じている。「オープン・ソース・インベスチゲーション」と言われるこの存在は、まだ数は少ないが、今後、確実に増えていくであろう（ただ人権問題の真相究明には自身の身の安全も脅かさる危険がつきまとうだけに、命がけであり高いミッションが求められる）。

その他、囲碁や将棋のような完全情報ゲーム、ポーカーのような不完全情報ゲームにおいては世界のトップクラスをすでに打ち負かすほど、時代の最先端技術となっている。

かつて、いかにコンピューターが進化しても人間の持つような曖昧さを制御することは不可能と考えられていた時代（一九八〇年代）から、今ではその曖昧性まで見透かされている。

さて、最後に私がＡＩにやらせてみたいことに、①地球外生物は存在するか、②アフリカ大地溝帯が及ぼす一万年後の地球の姿、③私自身の寿命・死亡日時はいつか、である。

最後に、将来に期待が膨らむＡＩであるが、いかに優れた知性であれ、例えばＡＩで作成された女性芸能人の架空アダルト動画を閲覧できるＵＲＬを作成するなど、倫理に反し、公序良俗に反する行為は決して許さることではない。

（8）　小学生にやらせてみたいこと

風邪の季節になった。近年、医学をはじめ周辺科学は著しく進歩を遂げている。にもかかわらず風邪の原因は未だよくわからない。人類の歴史とともにあるこの存在は、「かぜは万病のもと」、初期の対応が適切であれば軽症で済むが、侮ると他の病気の誘因となって大病につながり命を落とすことさえある。

風邪は正式な病名は「かぜ症候群」と言われる病気である。一般的には、空気中に浮遊しているウイルスが息を吸うことによって鼻やのどに入り、鼻やのどの粘膜で増殖して炎症を起こす。炎症がのどまで広がるとせきなどの症状がでたり、炎症が鼻の粘膜でも起きると、鼻みずや鼻づまりの症状が出たりする。

「かぜ症候群」は、「普通感冒」「インフルエンザ（流行性）感冒」「咽頭炎」「気管支炎」など主に上気道（空気の通り道）の急性の炎症を指している。その原因の八〇～九〇パーセントはウイルスの感染で、他に寒さ、アレルギー、細菌感染などが挙げられている。

さて、標題の実験は、風邪の原因とする「寒さ」についての提案である。

まず、「人間の体は、上下（頭部と足部）および前面（腹部）と背面（背中）の温度差には耐性力があるが、左右(右脇腹と左脇腹)の温度差には弱い。したがって左右の温度差が〇・〇℃以上(あるいは以下)の場合は風邪にかかる確率が高く、そうでない場合に比べて〇〇パーセント高くなる」という仮説を立ててみる。経験的には寒い時期に窓のある部屋で寝るとき、窓と並行に寝ると側頭部に頭痛が起きることがある。一方、窓に直角方向に寝る場合には冷えをあまり感じることなく頭痛など体調不良となることは稀である。上記の仮説は、こんな日常の経験から生まれたものである。人間の体温は平均三六・五℃として、そこからどの程度の温度差が体に変調をきたすか調べてみてはどうかという提案である。

そこで、今ではめっきり見ることもなくなった冬の風物詩、焚火をお寺の境内を借りて行う。焚火を囲む人は仮に十二名とし、半数ずつ焚火の中心に向かって正面を向いた(前面/背面)グループと側面(右/左)を向いたグループに分け、十五分から三十分程度あたってもらう。焚火から立ち位置までの距離も一メートルから二メートルぐらいに設定して、何通りか組み合わせて実施する。この組み合わせは無数に及ぶので参加者の意向で分類してみるのも面白い。そして時間が経過したところで前面と背面の温度、左右側面の温度を計りその差を記録する。そして、半日あるいは一日経過した後に体調の(変化)状態を確認する。

課外活動として、担任の先生が立会えば意外な副次効果も期待できそうである。もちろん児童本人並びに保護者の理解と協力は大前提である。

（9）時の記念日

人類の最大の発見は「時間」である。私たちが「時の長さ」「時の流れ」「時の刻み」を実感するのも時間の観念を獲得したからである。

「何月何日何時にどこどこでお会いしましょう」と約束すれば、将来のまだ到達しない時刻に特定された場所に出かけ、約束した相手にお会いすることができる。月を間違えても、日を間違えても、時間を間違えても相手にはお会いすることはできない。社員が決まった時刻までに出社し、仕事をし、決まった時刻に退社するのも同じことである。また、過去を振り返る場合にも、時間の認識が共有されているからこそ「平成○年○月○日○時○分、どこどこで震度六強の大地震が発生し多くの犠牲者が出た」ことを頭に描くことが可能になる。

「時間」は日常生活を送るにあたり間断なく、自由に利用されている。「料理の所要時間を○分」とすると、指定された時間の経過を意識下において、料理が進められていく。

私たちは「時間」と無関係に生きていくことはできない（商取引、日常の約束など）。にもかかわらず、なにゆえに「時の記念日」が国民の祝日から外されているのか理解し難い。

現在「国民の祝日」は、国民の祝日に関する法律に定められている。元日：一月一日を始め、天皇誕生日：二月二十三日、憲法記念日：五月三日、こどもの日：五月五日、文化の日：十一月三日、勤労感謝の日：十一月二十三日など全部で十六日が法定されている。祝日法第一条は、「自由と平和を求めてやまない日本国民は、美しい風習を育てつつ、よりよい社会、より豊かな生活を築きあげるために、ここに国民こぞって祝い、感謝し、又は記念する日を定め、これを「国民の祝日」と名づける」と法の趣旨を説明している。月ごとに見ると六月と十二月（平成までは天皇誕生日が該当）を除き満遍なく振り分けられている。

「時の記念日」は、日本で初めて時計装置が使われた日を記念して一九二〇年文部省の外郭団体である（財）生活改善同盟会と東京天文台（現在の国立天文台）によって制定された。日本人に「時間をきちんと守り、欧米並みに生活の改善・合理化を図ろう」と呼びかけ、時間の大切さを尊重する意識を広めるために設けられた。六月十日は日本初の時計が鐘を打った日（日本書記：天智天皇の時代）とされている（Wikipedia）。

時計といえば印象深いのは、イギリス・ロンドンにあるビッグベンである。世界遺産にも登録されている国会議事堂の時計台である。それぞれの国には国を象徴する時計がある。それゆえ世界共通の記念日があってもおかしくない。わが国においては六月十日「時の記念日」を祝日にすることに抵抗感はなく国民の多くは賛同するはずである。

（10）走り幅跳び

東京オリンピック、パラリンピックが新型コロナウイルス感染予防を理由に来年に延期になったことで、世界の一流アスリートたちが一堂に会して繰り広げるスポーツの祭典を楽しみにしていた向きには残念な結果になった。近年は、記録への興味だけなら奇数年に行われている世界陸上競技世界選手権大会もあるので十分である。しかし、世界の二百に近い国や地域が参加するオリンピック・パラリンピックの華やかさには適わない。

そこで、こうした競技が行われるたびに思うのは、走り幅跳びの計測方法とその正確性についての素朴な疑問である。ルールには距離の測定は「踏み切り地点」から砂場にできた競技者の身体（普通は足）の跡のうち、「踏み切り地点より最も近い着地点」までの距離とある。したがって手や尻を後ろに突いてしまった場合はその地点までの距離が記録となる。

ここで距離の計測起点となる「踏み切り地点」とは、実際に地上を離れた地点ではなく、踏み切り板の先端（白い木の板の一番砂場に近い部分）ということである。そして、離陸地点が踏み切り板の手前であればファールにならないが少しでも越えるとファールになる。ファールか否かの判定を容易にするために踏み切り板のすぐ前に粘土質の材料が置かれて、踏み切り板より出た場合その材質部分に足跡がつくようになっている。

私は、「人類の跳躍距離の限界」を知るためには、離陸地点が砂場に入ってしまった場合は別段、実際に離陸した地点を「踏み切り地点」とすべきではないかと考える。同様に、着地点も「一番踏み切り板の近くに着地したところ（掘られているところ）」とするが、砂の崩れた状態によっては一

～二センチ程度の誤差は本当にないのか疑問に思っている。

今日、計測器の精度は格段に進歩している。昔のように計測員がテープで実測することは大きな大会ではまれである。ましてやオリンピックでは測量器の光波によって計測しているのであるから、「踏み切り板」はあくまでも離陸地点の目安として位置づけ、着地点は「足の踵」が砂場についた地点として、この両点間を光波測量器により測定するのがよいのではないかと考える。

今、世界の跳躍距離の最高記録は一九九一年八月マイク・パウエル（ＵＳＡ）が出した八・九五メートルで、二十年近く破られていない。一方、日本記録は二〇一九年八月に出した城山正太郎の八・四〇メートルが最高である。走り幅跳び競技の面白さの一つは、例えばレスリング、ウエイトリフティングや柔道のように体重別によるクラス分けがなく、誰もが同一条件の下で競い合えることである。

私が小・中学生の頃は、運動能力テストの一つとして走り幅跳びの種目があった。テスト前になると田圃の間を流れる堰を飛び越えては友達と競い合ったものである。

(11) 人類の走る速さ

オリンピックや世界陸上選手権における陸上競技の花形競技といえば、だれもが一〇〇メートル競走を思い浮かべるであろう。とりわけ男子一〇〇メートル決勝戦は最高のクライマックスと興奮を提供する。その結果、男子の世界記録保持者は「人類最速の男」として、オリンピックでの優勝者は「世界一速い男」として称賛され名誉ある地位を確実にする。

近年、一〇〇メートルの優勝者のタイムは十秒を切るのがあたりまえになった。走法の改善やランニングシューズの改良など生理学的、物理学的視点からスポーツ医学の知識を駆使した形が今日の成果につながっている。人種的にはジャマイカやアメリカ合衆国勢を中心としたアフリカ系アメリカ人選手が圧倒的に強く、欧州勢がそれを追う展開になっている。また、日本人選手もこの数年は実力者が拮抗して十秒台を切る勢いでこれに続いている。

一〇〇メートルを十秒で走るということは平均速度が秒速一〇メートル、時速にすると三六キロである。歴代の最高記録は二〇〇九年八月十六日、ウサイン・ボルト（ジャマイカ）がベルリンで開催された世界陸上競技選手権大会で打ち立て九秒五八である。世界最速の人類として知られる彼は、時速四五キロ近い速度で走り抜けたことになる。

ちなみに地上の生き物の速度では、チーターが一一五キロである。もちろん個体差によっては時速一二〇キロで走るチーターもいるとのこと。一九六五年にケニアにおいて行われた検証では約二〇〇メートルを七秒ほどで走り抜けたと記録されている。一〇〇メートルに換算すると三秒から四秒程度であるから、その速さが際立っている。その他にも例えば競走馬が七七キロ、キリンが五〇キロ、アフリカ象が四〇キロ、ラクダが一六キロである。

ここで、一〇〇メートル競走と比較して二〇〇メートル競走の記録をみると、同じくウサイン・

ボルト（ジャマイカ）が二〇〇九年八月二十日に出した十九秒十九が世界最高記録である。単純に一〇〇メートルごとに平均すると九秒五九となり、一〇〇メートル走のときとほぼ変わらぬスピードで駆け抜けていたことがわかる。

そこで、人類は果たして一〇〇メートルをどれほど速く走ることができるかと考えたときに、この二〇〇メートルの任意の二点間の速度を最高記録として（競技とは別にして）も認めても面白いのでないかと思っている。つまり、今日の光波を使った計測器により、選手別に任意に一〇〇メートル二点を割り出し計測する。二〇〇メートル走では最初の九〇メートル前後でトップスピードに達するというのが一般的であるから、その地点から計測するのである。人類最速の限界は時速五〇キロという仮説に一歩近づく結果を生み出すかもしれない。これに比べて我が老生の歩く速さは、せいぜい時速三・六キロ（秒速一メートル）として、日々遅れがちになっている。

(12) ウルトラ・マラソン

オリンピック陸上競技の花形競技といえば男子一〇〇メートル走が最初にあげられる。「世界最速の男」を決める競技として興味が尽きないうえに十秒前後で勝負が決まる単純さがいい。

この双璧にあるのがマラソン競技である。

マラソン（英語：marathon）は、陸上競技の長距離走のひとつで、四二・一九五キロの公道コースを走り、順位と時間を競う種目である。古代ギリシャの故事に由来して、第一回近代オリンピックの創設に伴い陸上の新種目とされたことから始まった（ウイキペディア）。四二・一九五キロは、紀元前四五〇年、ペルシャとの戦い（マラトンの戦い）で勝利したアテナイがその勝利をアテナイの元老に伝えるために伝令を送った際に、伝令がマラトンから駆け抜けた距離が約四〇キロであったことに由来する。兵士はアテナイの郊外で「我勝てり」と告げて息絶えたといわれている。この距離は小説家太宰治の短編小説「走れメロス」のなかでメロスが走った距離にも符合（明確な距離は記述されていないが「メロスはその夜、一睡もせず十里の路を急ぎに急いで、村に到着したのは翌日の午前、陽は既に高く昇って、村人たちは野に出て仕事を始めていた」とある。現在の四〇キロ弱に相当する）し、故事からヒントを得たことが伺える。

近年マラソンは、フルマラソン（四二・一九五キロ）以外にも、ハーフマラソン、クオーターマラソンなども「マラソン」と呼ばれ、特に市民マラソンとして愛好家に親しまれている。残念ながら、今年は新型コロナウイルスの影響で大会を見合わせる主催者が多かったが……。

さて、こうしたなかで、私は、オリンピック競技の新種目として四二・一九五キロを超えた、いわゆるウルトラ・マラソンを加えることを提案したい。以前、なにかの記事で読んだことがあるが、長距離になればなるほど女性ランナーに有利になり、ついには女性ランナーが勝者となるという内容である。なかでも極端な長距離を走る大会では、女性に対する男性の一般的な体力とパワーの優位性は小さくなりやすくスタミナや精神的な持久力がものをいう。

紀元前四五〇年といえばおよそ二千五百年前である。マラトンの故事を尊重しつつも、人類は体力的にも知的にも進化している。時間もこの数年で二時間を切る勢いである。ＧＰＳウォッチなどアプリを使えば自分の距離やペース、心拍数モニターで一分あたりの歩数の追跡も可能となり、今やマラソンは完全に頭脳ゲームの様相を呈している。シューズもますます機能的でかつ軽量に改良され、走る姿は「跳躍するようなフォルム」に変わった。

そこで提案したいのは、八〇キロマラソンである。人類の可能性の限界を探り男女の対等性を証明する、加えて観客の忍耐力に配慮すると、この距離が妥当ではないかと考えている。

(13) 土俵のサイズ

明日（八日）から両国国技館で始まる大相撲十一月場所に、白鵬と鶴竜の両横綱が休場することになった。二場所連続で複数の横綱が初日から不在の事態は、一場所十五日制が定着した昭和二十四年夏場所以降では史上初とのこと。不名誉で無様なできごとに相撲ファンならずとも憤慨至極である。新型コロナウイルス感染予防から観客数を制限しての観覧となるが、横綱不在でも料金が同じでは、期待される好取組みが見られないだけに不満が募るばかりである。それは詐欺的興行といっても過言でない〝ぼったくり〟場所である。

それぞれの休場にはもっともらしい理由がある。白鵬は「右膝関節鏡手術後血症」、鶴竜は「腰痛」。病名を理由にされては受け入れざるをえない。無理な(強制)出場は無謀だと部屋の親方あるいは相撲協会が非難される。それでも、こうして休みが続くと横綱の存在感が薄れてゆく。代変わりして新大関の正代や朝乃山が土俵を盛り上げてくれるであろうが、日本人が国技として意識する心持ちとは明らかに違う意識下にあるように思えてならない。

さて、相撲と言えば、その戦いの場所は土俵である。その土俵について常日頃疑問がある。とりわけその大きさ(広さ)についてである。現在の土俵の大きさは、一辺が六・七メートルの正方形に土を盛り、その中央に直径四・五五メートル(十五尺)の円が俵で作られている。また、円の東西南北四カ所に「徳俵」と呼ばれる、俵一つ分の出っ張りが設けられている。この大きさはおよそ九十年前の十五尺土俵制定時のものであり、わんぱく相撲から学生相撲にいたるまで同じサイズで行われている。

そこで私は、どなたかが唱えていた十六尺土俵制に賛同したい。それは、九十年前と現在では力士の体格が大きく伸びたことである。昭和六年(一九三一)の幕内力士の平均身長は一七六センチ、二人のリーチの合計が三五二センチ、土俵内径四五五センチとの比率は「１：１：３」である。これが平成二十二年(二〇一〇)現在は平均身長一八六センチ、二人のリーチの合計が三七二センチであるからその比率は「１：１：２」となってしまう。それだけ力士にとっては土俵が狭くなったことになる。これを「１：１：３」の比率に戻すと土俵内径は四八四センチとなる。つまり、十六尺(四八五センチ)となる。これによって昭和六年当時の感覚で攻防を楽しむことができるのである。

十六尺土俵制のメリットは、土俵に余裕が生まれ土俵際の攻防が激しくなる。現在のような安易な引き叩きも通用しなくなるし、怪我も減り、稽古量も増えてより面白い相撲が見られるようになる。十五尺土俵では、十分に回り込む余地がなく、パワーを活かした単調な取り口が増え、それに負けまいと体重を増やす。そして体重が増えすぎて簡単に前に倒れる。

面白い相撲にするためにもコロナ禍を機会に十六尺土俵の実現といきたいものである。

【著者】

原田國夫

…はらだ・くにお…

1949年生まれ。1973年法政大学法学部法律学科卒業。首都大学東京大学院社会科学研究科博士前期課程経営学修了（MBA）。筑波大学大学院ビジネス科学研究科博士後期課程単位取得退学。日本中小企業学会会員、東京都土木建築健康保険組合互選議員ほか。現在、内野建設株式会社経営管理部長。著書には『会社法174条』（同友館、2014年）『中小企業のための事業承継の実務』（共著、中央経済社、2017年）『体験的中小企業論』（同友館、2019年）『晩年の素顔』（内野建設、2020年）「事業承継問題研究会報告書」（共同、全国中小企業団体中央会、2015年）等がある。

Sairyusha

もの言《い》える老人《ろうじん》のための条件《じょうけん》

二〇二一年四月十四日　初版第一刷

著者――原田國夫

発行者――河野和憲

発行所――株式会社 彩流社

〒101-0051

東京都千代田区神田神保町3-10大行ビル6階

電話：03-3234-5931

ファックス：03-3234-5932

E-mail：sairyusha@sairyusha.co.jp

印刷――明和印刷（株）

製本――（株）村上製本所

装丁――中山銀士（協力＝金子暁仁）

ISBN978-4-7791-2749-6 C0095

http://www.sairyusha.co.jp

フィギュール彩

〔既刊〕

52 憐憫の孤独

ジャン・ジオノ◉著／山本省◉訳

定価（本体 1800 円＋税）

自然の力、友情、人間関係の温かさなどが語られ、生きることの詫びしさや孤独がテーマとされた小説集。「コロナ禍」の現代だからこそ「ジオノ文学」が秘める可能性は大きい。

62 マグノリアの花

ゾラ・ニール・ハーストン◉著／松本昇他◉訳

定価（本体 1800 円＋税）

「リアリティ」と「民話」が共存する空間。ハーストンが直視したアフリカ系女性の歴史や民族内部に巣くう問題、民族の誇りといえるフォークロアは彼女が描いた物語の中にある。

91 おとなのグリム童話

金成陽一◉著

定価（本体 1800 円＋税）

メルヘンはますますこれからも人びとに好まれていくだろう。「現実」が厳しければ厳しいほどファンタジーが花咲く場処はメルヘンの世界以外には残されていないのだから。